文春文庫

雨宿り

新・秋山久蔵御用控（十三）

藤井邦夫

文藝春秋

目次

おもな登場人物

秋山久蔵　南町奉行所吟味方与力。〝剃刀久蔵〟と称され、悪人たちに恐れられている。心形刀流の遣い手。普段は温和な人物だが、悪党に対しては情け無用の冷酷さを秘めている。

神崎和馬　南町奉行所定町廻り同心。久蔵の部下。

香織　久蔵の後添え。亡き先妻・雪乃の腹違いの妹。

大助　久蔵の嫡男。元服前で学問所に通う。

小春　久蔵の長女。

与平　親の代からの秋山家の奉公人。女房のお福を亡くし、いまは隠居。

太市　秋山家の奉公人。おふみを嫁にもらう。

おふみ　秋山家の女中。ある事件に巻き込まれた後、秋山家に奉公するようになる。

幸吉　〝柳橋の親分〟と呼ばれた弥平次の跡を継ぎ、久蔵から手札をもらう岡っ引。

お糸　隠居した弥平次の養女で、幸吉を婿に迎えて船宿『笹舟』の女将となった。息子は平次。
弥平次　女房のおまきとともに、向島の隠居家に暮らす。
勇次　元船頭の下っ引。
雲海坊　幸吉の古くからの朋輩で、手先として働く托鉢坊主。ほかの仲間に、しゃぼん玉売りの由松、蕎麦職人見習いの清吉、風車売りの新八がいる。
長八　弥平次のかつての手先。いまは蕎麦屋『藪十』を営む。

この作品は「文春文庫」のために書き下ろされたものです。

雨宿り

新・秋山久蔵御用控（十三）

第一話
忠義者

一

松桂寺《しょうけいじ》の墓地には、読経と線香の紫煙が揺れながら立ち昇っていた。

南町奉行所吟味方《ぎんみがた》与力《よりき》の秋山久蔵《あきやまきゅうぞう》は、秋山家累代の墓に経を読む住職と共に手を合わせていた。

墓には、秋山家の先祖を始め、久蔵の両親と先妻の雪乃《ゆきの》が葬られていた。

雪乃は、妻の香織《かおり》の腹違いの姉だった。

住職の経は終わった。

「忝《かたじけ》のうございました」

久蔵は礼を述べた。

「いえ。如何《いかが》ですか、茶などは……」

住職は、久蔵を茶に誘った。

「折角のお誘いですが、今日は所用で近くに来たので立ち寄らせて頂きました。今日はこれで……」

「そうですか。では、後日、ゆっくりと……」

住職は、久蔵と挨拶を交わして寺に戻って行った。

久蔵は見送り、連なる墓の間を木戸に向かった。

総髪の浪人が現れ、久蔵に目礼して墓の連なりを奥に進んで行った。

落ち着いた足取り……。

久蔵は、墓地の奥に行く総髪の浪人を見送った。

総髪の浪人の痩せた後ろ姿には、毛筋程の隙もなかった。

久蔵は、微かな戸惑いを覚えた。

総髪の浪人は、真新しい墓に額《ぬか》ずいて手を合わせていた。

久蔵は、木戸を出た。

松桂寺の墓地の木戸は、庫裏《くり》の横手に続いている。

久蔵は、木戸を抜けて庫裏の横から広い境内《けいだい》に出た。

半纏《はんてん》を着た男が、広い境内の隅の植込みの陰に隠れた。

何者だ……。

久蔵は、植込みの陰に隠れた半纏を着た男を見据えた。

半纏を着た男は、緊張した面持ちで植込みの陰から出て来て久蔵に会釈をした。

俺を誰かと間違ったようだ……。

久蔵は苦笑し、半纏を着た男を残して松桂寺の山門に向かった。

松桂寺の前には霊南坂《れいなんざか》が続き、大名旗本の屋敷が連なっている。

久蔵は、松桂寺の山門を出た。

霊南坂の北側は、武蔵国川越藩《むさしのくにかわごえはん》江戸上屋敷と常陸国牛久藩《ひたちのくにうしくはん》江戸上屋敷の間を通って溜池《ためいけ》に続いていた。

久蔵は、溜池に向かって霊南坂を下った。

川越藩江戸上屋敷の土塀の陰に二人の武士がいた。

うん……。

久蔵は眉をひそめた。

二人の武士は、久蔵から視線を逸《そ》らすように背を向けた。

久蔵は、二人の武士を一瞥《いちべつ》して通り過ぎた。

二人の武士は、半纏を着た男と拘《かかわ》りがあるのかもしれない。

久蔵の勘が囁《ささや》いた。

拘りがあるとしたら……。

霊南坂の下に溜池が見えた。

溜池は煌《きら》めき、真新しい墓に手を合わせる総髪の浪人が浮かんだ。

ひょっとしたら……。

久蔵は、霊南坂を下った。


二人の武士は、川越藩江戸上屋敷の土塀の陰から松桂寺を見張り続けていた。

松桂寺山門から半纏を着た男が、駆け出して来た。

「どうした、仙八《せんぱち》……」

二人の武士は、半纏を着た男を土塀の陰に呼び込んだ。

「高木《たかぎ》さま、吉田《よしだ》さま、出て来ます」

仙八は報せた。

「よし……」

高木と吉田は、仙八と共に松桂寺の山門を見詰めた。

総髪の浪人が松桂寺の山門から現れ、霊南坂を見廻した。

高木、吉田、仙八は、土塀の陰で息を詰めて見守った。

総髪の浪人は、小さく苦笑して霊南坂を下り始めた。

高木、吉田、仙八は、霊南坂を下って行く総髪の浪人を追った。

霊南坂を下ると肥前国《ひぜんのくに》佐賀《さが》藩《はん》江戸中屋敷があり、溜池になる。

総髪の浪人は、落ち着いた足取りで溜池に進んで馬場に入った。

「高木さま、吉田さま……」

仙八は喉を鳴らした。

「よし……」

高木は頷《うなず》き、総髪の浪人を追って溜池の馬場に入った。

吉田と仙八は続いた。

「私に用か……」

高木、吉田、仙八は振り返った。

総髪の浪人がいた。

「黒沢兵衛《くろさわひょうえ》……」

高木と吉田は、総髪の浪人を見据えて刀の柄《つか》を握り締めて身構えた。

「殿の御指図か……」

黒沢兵衛と呼ばれた総髪の浪人は苦笑した。

「黙れ……」

高木と吉田は、黒沢に猛然と斬り掛かった。

黒沢は、僅《わず》かに身を沈めて刀を抜き放った。

閃光《せんこう》が走った。

高木は太股《ふともも》から血を飛ばして倒れ、吉田は右肩を斬られて刀を落した。

黒沢は、刀に拭いを掛けて鞘《さや》に納めた。

高木と吉田は蹲《うずくま》り、血を流して苦しく呻《うめ》いた。

仙八は、恐怖に震えた。

「殿に何もかも此迄だとな……」

黒沢は、冷ややかに告げて馬場の出入口に向かった。

「高木さま、吉田さま……」

仙八は、蹲っている高木と吉田に駆け寄った。

黒沢は、馬場から出て行った。

「仙八、行き先を突き止めろ……」

高木は、苦しげに命じた。


やはり、二人の武士と半纏を着た男は、総髪の浪人を付け狙っていた。

久蔵は苦笑した。

鮮やかな太刀捌《さば》き……。

久蔵は感心した。

総髪の浪人は、溜池の馬場を出て葵坂《あおいざか》に向かった。

さあて、どうする……。

久蔵は、総髪の浪人の後ろ姿を眺《なが》めた。

半纏を着た男が馬場から現れ、黒沢を追い掛けようとした。

「待て……」

久蔵は、半纏を着た男を呼び止めた。

半纏を着た男は、久蔵に気が付いて僅かに身構えた。

「その方、名は何と申す」

久蔵は笑い掛けた。

「えっ……」

半纏を着た男は、戸惑いを浮かべた。

「名前だ」

「せ、仙八……」

「仙八、あの総髪の浪人は誰だ」

「し、知らねえ……」

仙八は惚《とぼ》けた。

刹那《せつな》、久蔵は仙八の頬を張り飛ばした。

仙八は倒れた。

久蔵は、倒れた仙八の胸倉を摑んだ。

「仙八、私は南町奉行所の秋山久蔵だ。嘗《な》めた真似をすれば、容赦はしない
……」

久蔵は、仙八を厳しく見据えた。

「か、剃刀《かみそり》久蔵……」

仙八は、久蔵の渾名《あだな》を知っているらしく怯《おび》えを露《あら》わにした。

「浪人は何処《どこ》の誰だ……」

「旗本永野直武《ながのなおたけ》さまの元家来の黒沢兵衛……」

仙八は、嗄《しやが》れ声を震わせた。

「黒沢兵衛……」

久蔵は眉をひそめた。

「はい……」

「昼日中《ひるひなか》の斬り合いは、旗本永野直武さまの指図によるものか……」

久蔵は読んだ。

「はい。黒沢は永野さまのお怒りを買って逐電《ちくてん》し、それで高木さまと吉田さまが……」

仙八は、溜池の馬場を示した。

久蔵は、黒沢に斬られた二人の武士の名を知った。

「そうか。して仙八、黒沢を追って行き先を突き止めようとしたか……」

「はい……」

仙八は頷いた。

「ならば仙八、尾行は気が付かれ、黒沢に撒《ま》かれたとでも云うのだな」

「はい……」

仙八は、腰が抜けたようにその場にへたり込んだ。

久蔵は苦笑し、仙八を残して葵坂に向かった。

数寄屋橋《すきやばし》御門内の南町奉行所は非番であり、役人たちは閉じられた表門の脇から出入りをしていた。

久蔵は、用部屋に定町廻《じょうまちまわ》り同心の神崎和馬《かんざきかずま》を呼び、旗本の武鑑を開いた。

神崎和馬は、折良く居合わせて直ぐにやって来た。

「お呼びですか……」

「うむ。ま、入ってくれ」

久蔵は、旗本の武鑑を捲《めく》りながら告げた。

「はい……」

和馬は、用部屋に入った。

「此か……」

久蔵は、旗本の武鑑を読み始めた。

「永野直武、旗本四千石の寄合。屋敷は駿河台《するがだい》か……」

〝寄合〟とは、公儀の役目に就いていない三千石以上の旗本の事だ。

「その四千石取りの旗本永野直武さまがどうかしましたか……」

和馬は尋ねた。

「ああ。家中が揉めているようだ」

「ほう。それはそれは……」

和馬は苦笑した。

「四千石となれば、家来は五十人以上か……」

久蔵は読んだ。

「ええ。そんなものですが、秋山さま……」

和馬は、久蔵に怪訝《けげん》な眼を向けた。

「うむ。実はな……」

久蔵は、菩提寺《ぼだいじ》の松桂寺の帰りに出逢った事を教えた。

「ならば、黒沢兵衛なる総髪の痩せた浪人は元永野家家中の者であり、旧主の直武さまに討手を掛けられているのですか……」

和馬は読んだ。

「うむ。そうなるな……」

久蔵は頷いた。

「ならば秋山さま、旗本永野直武さまと家中の様子をちょいと調べてみますか……」

和馬は苦笑した。

「ああ。それに、町奉行所としては支配である元家臣で浪人の黒沢兵衛を詳しくな……」

久蔵は命じた。


神田川の流れは煌めいていた。

神崎和馬は、岡っ引の柳橋《やなぎばし》の幸吉《こうきち》や下っ引の勇次《ゆうじ》と神田川に架かっている昌平橋《しようへいばし》を渡り、淡路坂《あわじざか》を上がった。

淡路坂の北には神田川が流れ、南の台地には大名旗本の屋敷が連なっている。

和馬、幸吉、勇次は淡路坂を上がり、太田姫稲荷の前を南に曲がった。

そこに、四千石取りの旗本永野直武の屋敷はあった。

「あの屋敷ですね……」

幸吉は、行く手にある旗本屋敷を示した。

「うん……」

和馬は、永野屋敷を眺めた。

「じゃあ親分。あっしは界隈《かいわい》の御屋敷の中間《ちゅうげん》小者に聞き込みを掛けて来ます」

勇次は告げた。

「勇次、云う迄もないが武家地は辻番が煩《うるさ》い。気を付けてな」

幸吉は注意した。

「承知……」

勇次は頷いた。

「じゃあ、太田姫稲荷でな」

「はい……」

勇次は、幸吉と和馬に会釈をして旗本屋敷の連なりに走った。

行商の小間物屋が、永野屋敷の裏に続く路地から出て来た。

「旦那、ちょいと呼んで来ます」

「ああ……」

幸吉は、行商の小間物屋に駆け寄った。

「永野さまの御屋敷……」

裏手の旗本屋敷の中年の下男は、土塀沿いの掃除の手を止めた。

「ええ。どんな家風ですかね……」

勇次は、中年の下男に素早く小銭を握らせた。

「どんなって、そうだねえ……」

中年の下男は、小銭を固く握り締めた。

「何でも良いんですがね」

「噂《うわさ》じゃあ、永野家はお殿さまの直武さまが吝嗇《けち》で陰険で、家来や奉公人が気に入らなければ、直ぐに怒鳴り散らすそうだぜ」

中年の下男は声を潜めた。

「へえ、そうなんだ……」

「うん。偉そうな奴でね。俺たちのような奉公人は犬猫扱いだって話だ」

「幾ら旗本の御大身でも、そいつは酷《ひど》いな」

勇次は眉をひそめた。

「ああ。それで、真っ当な家来が諫言《かんげん》すると、怒り狂って手討ちにするそうだ」

中年の下男は、恐ろしそうに首を竦《すく》めた。

「じゃあ、永野屋敷の家来や奉公人は、いつもびくびくしているのかな」

「ああ。静かな屋敷と云えば聞こえは良いが、いつも緊張していて薄暗く、笑い声のわの字もない屋敷だそうだ……」

中年の下男は苦笑した。

「へえ、そんな御屋敷なのか……」

「ああ。真っ当な家来は減り、残っているのは御機嫌取りばかりだ……」

「そうか……」

勇次は、旗本永野屋敷の様子を僅かに知った。


太田姫稲荷に参拝人はいなかった。

狭い境内の隅の茶店では、和馬と幸吉が行商の小間物屋に茶を振る舞っていた。

「へえ。永野屋敷の女中衆は余り買物をしないのか……」

和馬は眉をひそめた。

「ええ。お殿さまが吝嗇だそうでしてね。何かと煩いそうですよ」

「じゃあ、余り儲からないな」

「ですが、紅白粉《べにおしろい》の一つでも買って戴ければありがたい話でして……」

行商の小間物屋は苦笑した。

「そりゃあそうだな」

和馬は頷いた。

「じゃあ、永野屋敷は暗く沈んでいるんだな」

幸吉は訊いた。

「ええ……」

行商の小間物屋は茶を啜《すす》った。

「処で永野家家中に黒沢兵衛と申す家来がいた筈だが、知っているか……」

和馬は訊いた。

「いいえ。知りませんが……」

行商の小間物屋は首を捻《ひね》った。

「そうか……」

「そう云えば、以前、永野さまの御屋敷においでになった御家来を下谷《したや》広小路でお見掛けした事がありますが……」

「ほう。どんな形《なり》の奴だったかな」

「確か月代《さかやき》も伸びて浪人のようでした」

行商の小間物屋は告げた。

「じゃあ、今は総髪かもな……」

和馬は読んだ。

「和馬の旦那……」

「うむ。黒沢兵衛かも知れぬ……」

和馬は睨《にら》んだ。

「旦那、親分、あっしはそろそろ……」

行商の小間物屋は、腰を浮かした。

「うん。いろいろ造作を掛けたな……」

和馬は、行商の小間物屋を解放した。

行商の小間物屋は、和馬と幸吉に会釈をして淡路坂に向かった。

勇次が、入れ違うようにやって来た。

下谷広小路は、東叡山寛永寺《とうえいざんかんえいじ》や不忍池《しのばずのいけ》弁財天の参拝客などで賑わっていた。

柳橋の幸吉は、雲海坊《うんかいぼう》、由松《よしまつ》、新八《しんぱち》、清吉《せいきち》を呼び、総髪の痩せた浪人の黒沢兵衛を捜すように命じた。

「歳の頃は三十歳半ば過ぎ、総髪で痩せた浪人で名は黒沢兵衛だ。下谷広小路にいるとは限らないが、らしい浪人を見掛けた者がいる。捜してみてくれ」

雲海坊、由松、新八、清吉は頷き、下谷広小路の雑踏に散った。

永野屋敷は表門を閉め、静けさの中に沈んでいた。

和馬と勇次は、永野屋敷を見張り続けた。

永野屋敷の潜《くぐ》り戸が開いた。

「和馬の旦那……」

「うん……」

和馬は、勇次と共に永野屋敷の潜り戸を見詰めた。

半纏を着た男と二人の家来が現れた。

「半纏を着た奴、秋山さまに締め上げられた仙八だろうな」

和馬は睨んだ。

「仙八ですか……」

勇次は眉をひそめた。

仙八は、二人の家来と淡路坂に向かった。

「和馬の旦那……」

「ああ。ひょっとしたら黒沢兵衛を捜しに行くのかもしれない。追うぞ」

「じゃあ、あっしが先に……」

勇次は、仙八と二人の家来を追った。

和馬は続いた。

二

三十歳半ば過ぎの総髪の瘦せた浪人、黒沢兵衛……。

幸吉、雲海坊、由松、新八、清吉は、下谷広小路を捜した。だが、三十歳半ば過ぎの瘦せた浪人は、掃いて棄てる程いるが、黒沢兵衛はいなかった。

「ま、そう簡単に見付かる訳はない……」

幸吉は苦笑した。

浪人の黒沢兵衛は、金を稼ぐ為に何らかの仕事をしている筈だ。

雲海坊と清吉は、下谷広小路界隈の口入屋《くちいれや》を訪ね歩いた。

由松と新八は、博奕《ばくち》打ちや地廻りに訊き歩いた。

黒沢兵衛は、容易に見付からなかった。


神田八つ小路は賑わっていた。

淡路坂を下った仙八と二人の家来は、神田川に架かっている昌平橋を渡り、明神下《みようじんした》の通りを不忍池に向かった。

勇次と和馬は追った。

仙八と二人の家来は、不忍池の畔《ほとり》を下谷広小路に進んだ。そして、下谷広小路の雑踏を山下に向かった。

勇次は追った。

和馬は続いた。

「和馬の旦那……」

由松と新八が現れた。

「おお。由松、新八……」

「勇次、誰を尾行《つけ》ているんです」

由松は、前を行く勇次を示した。

「うん。永野家の家来共だ」

和馬は告げた。

「永野家の家来……」

「ああ。おそらく黒沢兵衛を捜している」

「そいつは良い。お供しますぜ。新八、勇次に声を掛けな」

由松は命じた。

「承知……」

新八は頷き、勇次を追った。

和馬と由松は続いた。


仙八と二人の家来は、下谷広小路から山下を抜けて入谷《いりや》に入った。

勇次と新八は、交代しながら巧みに尾行た。

仙八と二人の家来は、入谷鬼子母神《きしもじん》の前を抜けて庚申塚《こうしんづか》の傍にある古い長屋の木戸の前で立ち止まった。

新八は、物陰で見守った。

仙八は、二人の家来を木戸に待たせて古い長屋に入って行った。

勇次が、新八の傍にやって来た。

「あの長屋か……」

「ええ……」

「ひょっとしたら、黒沢兵衛が住んでいるのかもな……」

勇次は読んだ。

「きっと……」

新八は頷いた。

和馬と由松がやって来た。

勇次は、見張りを新八に任せて和馬と由松の許に駆け寄った。

「あの長屋に誰かを訪ねて来たようです」

勇次は告げた。

「黒沢兵衛だろうな……」

和馬は睨んだ。

「ええ……」

由松は頷いた。

「和馬の旦那……」

新八が駆け寄って来た。

「どうした……」

「訪ねて来た相手がいなかったようです」

新八は、長屋から戻って来る仙八と二人の家来を示した。

和馬、由松、勇次、新八は、物陰に入って遣り過ごした。

「よし。追うよ……」

和馬は告げた。

「和馬の旦那、あっしは奴らが誰を捜しているのか確かめます」

由松は告げた。

「そうしてくれ。じゃあ、勇次……」

「はい。新八。じゃあ、由松さん……」

勇次と新八は、仙八と二人の家来を追った。

和馬が続いた。

由松は見送り、古い長屋に向かった。

古い長屋の井戸端では、二人のおかみさんが洗い物をしながらお喋りをしていた。

「ちょいとお尋ねしますが……」

由松は、二人のおかみさんに笑い掛けた。

「あら、なんだい……」

中年のおかみさんが振り返った。

「此方《こちら》に黒沢兵衛さまって浪人さん、お住まいでしょうか……」

由松は訊いた。

「黒沢の旦那ですか……」

中年のおかみさんは、戸惑いを浮かべて若いおかみさんを見た。

「ええ……」

由松は、おかみさんたちの言葉から古い長屋に黒沢兵衛が住んでいるのを知った。

「黒沢の旦那なら奥の家に住んでいましたけど、今年の春、御新造さんが病で亡くなられてから出て行かれましたよ」

中年のおかみさんは告げた。

「御新造が亡くなって出て行った……」

由松は眉をひそめた。

「ええ……」

「何処に行ったかは……」

「さあ。そこ迄は……」

おかみさんたちは首を横に振った。

「あの。さっきも遊び人のような人が黒沢の旦那を捜しに来ましたが、黒沢の旦那、どうかしたんですか……」

若いおかみさんは眉をひそめた。

「いえ。ちょいと訊きたい事がありましてね。処で黒沢さん、此処《ここ》ではどんな仕事をしていたのか知っていますか……」

由松は尋ねた。

「ええ。雨城楊枝《うじようようじ》って云うんですか、茶之湯の茶菓子を食べる時に使う楊枝を……」

若いおかみさんは知っていた。

「その雨城楊枝を作って売っていたんですか」

「ええ。下谷広小路にある茶道具屋さんに卸していたようですよ」

「茶道具屋、なんて店ですか……」

「さあ、そこ迄は……」

若いおかみさんは首を捻った。

「そうですか、いや、助かりました」

由松は、笑顔で礼を述べた。


下谷広小路の傍、上野北大門町《きただいもんちょう》に博奕打ちの貸元の長五郎《ちょうごろう》の店はあった。

仙八と二人の家来は、北大門の長五郎の店に入った。

新八は見届けた。

「どうだ……」

和馬と勇次が駆け寄って来た。

「奴ら、博奕打ちの貸元、北大門の長五郎の店に入りました」

新八は告げた。

「博奕打ち共に黒沢兵衛を捜して貰おうって魂胆か……」

和馬は苦笑した。

「きっと……」

新八は頷いた。

「果たして見付けられるかどうか……」

勇次は笑った。


下谷広小路界隈の町々には、何軒かの口入屋があった。

雲海坊と清吉は、町々の口入屋に浪人の黒沢兵衛が出入りしていないか尋ね歩いた。

だが、黒沢兵衛が出入りしている口入屋は見付からなかった。

「雲海坊さん、黒沢兵衛、口入屋に仕事の周旋をして貰っているんですかねえ」

清吉は眉をひそめた。

「うん。此だけ訊き歩いても、出入りしている口入屋が見付からないとなると、違うのかもしれないな」

雲海坊は頷いた。

「あっ。由松さんです……」

清吉は、雑踏の向こうの茶道具屋から出て来た由松に気が付いた。

「茶道具屋。清吉、由松を呼んで来い」

雲海坊は命じた。

「はい……」

清吉は、雑踏の中を由松の許に走った。


「雨城楊枝を作って下谷広小路の茶道具屋に卸していた……」

雲海坊は眉をひそめた。

「ええ。それで、茶道具屋を当たっていたんですが……」

由松は告げた。

「そうか。雨城楊枝を作っていたのか……」

雲海坊は、黒沢兵衛が口入屋に出入りしていない理由を知った。

「ええ。それから黒沢さん、入谷の長屋に住んでいたんですが、今年の春に御新造を病で亡くして出て行ったそうですぜ」

「御新造を亡くして……」

「ええ。で、今でも雨城楊枝作りを生業《なりわい》にしていると思いましてね」

「うん。よし、先ずは茶道具屋だ……」

雲海坊は、由松と一緒に茶道具屋に聞き込みを掛ける事にした。

「そうか。仙八と永野家の家来たち、黒沢兵衛を捜し続けているか……」

「はい。勇次と新八が見張っています」

和馬は、勇次と新八に仙八と二人の家来の見張りを任せ、南町奉行所の久蔵に報《しら》せに戻って来た。

「うむ。して、黒沢の方はどうなっている」

「雲海坊や由松たちが捜しています」

「そうか……」

久蔵は頷いた。

「それにしても秋山さま、旗本の永野直武さま、評判は良くありませんね」

和馬は眉をひそめた。

「うむ。俺も目付《めつけ》の榊原《さかきばら》さまにそれとなく聞いたのだが、永野直武、家来や奉公人を些細な事で手討ちにすると、眉をひそめられ、秘かにその所業を調べられているようだ」

久蔵は、厳しさを滲《にじ》ませた。

「お目付も動き始めていましたか……」

「うむ……」

久蔵は頷いた。


淡路坂は夕陽に照らされ、行き交う者の影を長く伸ばしていた。

着流し姿の久蔵は、塗笠を目深に被って淡路坂をあがった。そして、太田姫稲荷の前に立ち止まり、連なる旗本屋敷を眺めた。

「秋山さま……」

太田姫稲荷から幸吉が現れ、久蔵の背後に寄った。

「柳橋か……」

「はい。今の処、永野屋敷に変わった様子は窺えません」

幸吉は、永野屋敷を眺めながら告げた。

「そうか……」

久蔵は頷き、夕陽を浴びている永野屋敷に眼を細めた。

夕陽は沈み、大禍時《おおまがとき》が訪れた。

淡路坂を行く人は途絶えた。

永野屋敷の裏から若い家来と女が現れ、足早に淡路坂に向かった。

裏や表門の脇の潜り戸から家来たちが現れ、若い家来と女を追った。

若い家来と女は、手を取り合って淡路坂に走った。

追手の家来たちは、淡路坂を下る若い家来と女に追い縋《すが》り、取り囲んだ。

「秋山さま……」

幸吉は囁いた。

「うむ……」

久蔵と幸吉は、太田姫稲荷の出入口の暗がりから見守った。

若い家来は、女を後ろ手に庇《かば》った。

「横塚《よこつか》、絹江《きぬえ》は殿の言い付けに背き、お怒りを買った不忠者。そのような者を助けて逐電しようとは、許せぬ所業」

追手の頭は告げた。

「ち、違う。絹江は殿に夜伽《よとぎ》を命じられ、畏《おそ》れ多いと断わった。殿はそれを怒り、手討ちにすると……」

横塚と呼ばれた若い家来は、絹江と呼ばれた女を庇って必死に抗弁した。

「黙れ、横塚。殿がお待ちだ。絹江共々大人しく屋敷に戻れ」

追手の頭は迫り、家来たちは包囲の輪を縮めた。

「助けて、見逃して下さい……」

「お願いです、お見逃しを……」

横塚と絹江は、追手の家来たちに必死に懇願した。

「ならぬ。横塚と絹江を捕らえ、殿の許に引き立てろ」

追手の頭は、家来たちに命じた。

家来たちは、横塚と絹江に迫った。

「来るな。来るな……」

横塚は、絹江を庇って刀を抜いた。

刀の鋒《きつさき》は激しく震えた。

「どうします……」

幸吉は眉をひそめた。

「放っては置けぬな……」

久蔵は苦笑した。


横塚の刀は震え、煌めきが揺れた。

家来たちは、包囲の輪を縮めて刀を抜いた。

「横塚、要らざる抗《あらが》いは無用……」

追手の頭は告げた。

「小島《こじま》さま、拙者《せっしゃ》はどうなっても構いません。絹江だけは、絹江だけはお見逃し下さい」

横塚は、悲痛な面持ちで追手の頭に頼んだ。

「ならば、刀を棄てろ……」

小島と呼ばれた追手の頭は命じた。

「小島さま、刀を棄てれば、絹江を見逃して戴けますか……」

「ああ。約束する……」

横塚は、声を僅かに震わせた。

「信じてはなりません。横塚さま……」

絹江は訴えた。

横塚は迷い、刀を棄てた。

「横塚さま……」

絹江は、哀しげに叫んだ。

「横塚と絹江を捕らえろ……」

小島は、家来たちに命じた。

家来たちは、横塚と絹江に襲い掛かった。

「小島さま、約束が違います」

横塚は、悲痛に叫んだ。

「黙れ……」

小島は、横塚を張り飛ばした。

家来たちは、絹江と倒れた横塚を捕らえた。

「汚ねえ……」

幸吉は吐き棄てた。

「うむ……」

久蔵は、太田姫稲荷前の暗がりから出ようとした。

刹那、淡路坂の暗がりから覆面をした侍が現れ、横塚と絹江を捕らえた家来たちを蹴散らした。

久蔵は、暗がりを出るのを止めた。


覆面をした侍は、横塚と絹江を助けた。

「おのれ、何者。斬れ、斬り棄てろ……」

小島は怒鳴った。

家来たちは、覆面をした侍に斬り掛かった。

覆面をした侍は、僅かに腰を沈めて抜き打ちの一刀を放った。

閃光が走り、二人の家来が倒れた。

小島と家来たちは怯《ひる》んだ。

呼子笛《よびこぶえ》が鳴り響いた。

小島と家来たちは狼狽《うろた》えた。

「行くぞ……」

覆面をした侍は、横塚と絹江を促した。

「は、はい……」

横塚は、絹江の手を取って淡路坂を走って下りた。

覆面をした侍は、小島たち家来を牽制して身を翻《ひるがえ》した。


幸吉は、暗がりに潜んで呼子笛を吹き鳴らし続けた。

「柳橋の……」

久蔵は、幸吉に覆面をした侍たちを追い掛けろと命じた。

「承知……」

幸吉は、暗がり伝いに覆面をした侍を追った。

久蔵は見送り、塗笠を目深に被って暗がりを出た。


久蔵は、追い掛けようとする小島たち家来の前に立ち塞《ふさ》がった。

「退け……」

小島は怒鳴った。

「何の騒ぎだ……」

久蔵は、退かずに尋ねた。

「黙れ。退け、退かぬか……」

小島は身構えた。

家来たちが続いた。

「私は南町奉行所吟味方与力の秋山久蔵、おぬしたちは何処の御家中の方々かな……」

久蔵は、目深に被った塗笠を取り、小島たち永野家の家来を見廻した。

「南町奉行所の秋山久蔵……」

小島は、声を震わせた。

家来たちは、微かに狼狽えた。

「如何に武家とは申せ、夜、徒党を組んで刀を振り廻すのは如何なものかな……」

久蔵は、冷ややかな笑みを浮かべた。

「我らは旗本家の者。町奉行所の咎《とが》めを受ける謂《いわ》れはない……」

「ならば、何《いず》れの旗本家の御家中の者か申して貰おう」

久蔵は、小島を厳しく見据えた。

「そ、それは……」

小島は、永野家の名を出すのを躊躇《ためら》った。

「近頃は、町方や火盗改《かとうあらため》の眼から逃れようと旗本御家人を装う盗っ人がいると聞くが……」

久蔵は、小島に笑い掛けた。

「わ、我らは旗本永野家家中の者。ならば此にて。急ぎ屋敷に戻れ」

小島は、家来たちに命じた。

「はっ……」

家来たちは、覆面をした侍に斬られた怪我人を連れて永野屋敷に退き上げた。

「ならば秋山どの、此にて……」

小島は、久蔵に会釈をして淡路坂を永野屋敷に戻って行った。

久蔵は、冷笑を浮かべて見送った。

三

夜の神田八つ小路に、行き交う人は少なかった。

横塚と絹江は、神田川に架かっている昌平橋を渡った。

「横塚……」

覆面をした侍が追って来た。

横塚と絹江は立ち止まった。

「怪我はないか……」

覆面を取った侍は、黒沢兵衛だった。

「黒沢さま……」

横塚と絹江は驚いた。

「うむ。怪我がないのなら此のまま身を隠し、二度と永野屋敷に近付くな」

「はい。お助け下さいまして忝うございました……」

「ありがとうございました」

横塚と絹江は礼を述べた。

「礼には及ばぬ。二人仲良く達者で暮らせ」

「はい……」

「行け……」

黒沢は命じた。

横塚と絹江は、黒沢に深々と頭を下げて立ち去った。
黒沢は見送り、明神下の通りを不忍池に向かった。
幸吉が暗がりから現れ、黒沢を追った。

明神下の通りに人通りはなかった。
黒沢兵衛は、落ち着いた足取りで進んだ。
かなりの遣い手だ……。
幸吉は、黒沢の剣の腕を目の当たりにして緊張を漲《みなぎ》らせていた。
黒沢は、明神下の通りの辻を不意に西に曲がった。
妻恋坂《つまこいざか》に曲がった……。
幸吉は、小走りに辻に急いだ。

幸吉は辻に駆け寄り、曲がり角から妻恋坂を見上げた。
妻恋坂の上には、黒沢兵衛が黒い影となって佇《たたず》んでいた。
幸吉は怯み、立ち止まった。
黒沢は佇み、妻恋坂をじっと見下ろしていた。

幸吉は、咄嗟《とっさ》に隠れる事も出来ず、蛇に睨まれた蛙のように凍て付いた。

斬り掛かって来るか……。

幸吉は息を詰め、十手を握り締めて懸命に眼を瞠《みは》った。

僅かな刻《とき》が過ぎた。

黒沢の姿が闇に揺れた。

幸吉は、詰めていた息を吐いた。そして、十手を握り締めて妻恋坂を上がった。

妻恋坂の上には、既に黒沢兵衛の姿はなかった。

幸吉は、辺りを油断なく見廻した。

妻恋坂の上には妻恋稲荷があり、赤い幟旗《のぼりばた》が夜風に吹かれているだけだった。

逃げられた……。

黒沢兵衛は、妻恋町から小石川の方に行ったのか、それとも湯島天神に向かったのかもしれない。

とにかく、尾行に気付かれて逃げられたのに間違いない。

幸吉は、溜息を吐きながら微かな安堵を覚えずにはいられなかった。

「あれ、親分じゃありませんか……」

托鉢《たくはつ》坊主と二人の男が、妻恋坂を上がって来た。

雲海坊、由松、清吉だった。

「おう……」

幸吉は迎えた。

「此処で何を……」

雲海坊は、戸惑いを浮かべた。

「うん。淡路坂に黒沢兵衛さんが現れてな。此処迄追って来たのだが、逃げられてしまった」

幸吉は、悔し気に告げた。

「そうでしたか……」

「で、お前たちは……」

「黒沢さん、雨城楊枝作りを生業にしていて、下谷広小路界隈の茶道具屋に卸していましてね。その茶道具屋を突き止めたら、黒沢さん、妻恋稲荷の傍に住んでいると分かりましてね。それで……」

由松は告げた。

黒沢兵衛は、妻恋町や湯島天神に行ってはいなく、妻恋稲荷の周辺の何処かにいるのだ。

幸吉は知った。

「そうか。良くやった。黒沢さんはかなりの遣い手だ。今夜は此のぐらいにして、後は明日にしな」

幸吉は慎重だった。

「はい……」

由松、雲海坊、清吉は頷いた。

「それにしても親分、黒沢さん、淡路坂で何をしていたんですかい……」

雲海坊は眉をひそめた。

「うん。そいつは笹舟《ささぶね》で詳しく話すぜ」

幸吉は、妻恋坂を下り始めた。

雲海坊、由松、清吉は続いた。

妻恋坂に夜風が吹き抜けた。

「そうですか、永野直武、夜伽を断って若い家来と逐電を企てた腰元を手討ちにしようとしたのですか……」

和馬は呆れた。

「ああ。で、黒沢兵衛が現れ、追手の家来たちを蹴散らし、若い家来と腰元を助けて逃げた……」

久蔵は苦笑した。

「黒沢兵衛が……」

和馬は眉をひそめた。

「うむ……」

久蔵は頷いた。

「秋山さま……」

用部屋の庭先に小者がやって来た。

「おう。どうした……」

「柳橋の親分が来ておりますが……」

小者は告げた。

「おう。通してくれ」

久蔵は命じた。

「はい……」

小者は退がり、木戸から幸吉が入って来た。

「おはようございます」

幸吉は、久蔵と和馬に挨拶をした。

「おう、昨夜は御苦労だったな。して、どうだった……」

久蔵は尋ねた。

「はい。黒沢さん、助けた横塚さんや絹江さんと昌平橋で別れ、妻恋坂に進みましてね」

「妻恋坂か……」

「はい。ですが、尾行に気付かれて脅され、逃げられました」

幸吉は、正直に告げた。

「脅された……」

和馬は眉をひそめた。

「ええ。妻恋坂の上からじっと見つめられましてね」

「見つめられた……」

「はい。動けなくなりましたよ」

幸吉は、緊張を滲ませた。

「柳橋の。それで良い。下手に動けば斬られていた……」

久蔵は苦笑した。

「そうですか……」

幸吉は、ぞっとした面持ちで首を撫《な》でた。

「で、逃げられたか……」

「ええ。あっしはね……」

幸吉は苦笑した。

「柳橋の、どう云う事だ」

久蔵は訊いた。

「はい。由松や雲海坊たちが黒沢さんの足取りを追い、入谷の長屋から妻恋稲荷の近くに引っ越していたのが分かりまして、今、雲海坊や由松たちが妻恋稲荷界隈を……」

幸吉は報せた。

「そうか……」

久蔵は微笑《ほほえ》んだ。

「はい。みんなには黒沢さんを見付けても余計な真似をせず、見守れと念を押しておきました」

「それで良い。処で柳橋の、黒沢兵衛、入谷の長屋で暮らしていたのか……」

「はい。御新造さんが病で亡くなる迄は、入谷の長屋で雨城楊枝作りを生業にして暮らしていたと……」

「御新造が病で亡くなった……」

久蔵は眉をひそめた。

「はい……」

「そうか……」

久蔵は、松桂寺の墓地で真新しい墓に手を合わせている黒沢兵衛を思い出した。

御新造の墓……。

久蔵は知った。


永野屋敷は表門を閉め、出入りする者はいなかった。

勇次と新八は、仙八や二人の家来を尾行廻し、永野屋敷を見張った。

「勇次の兄貴……」

新八は、辺りの旗本屋敷の門前の掃除をする中間小者にそれとなく声を掛けて廻り、太田姫稲荷にいる勇次の許に戻って来た。

「おう。どうだった」

　勇次は尋ねた。

「ええ。昨夜、永野屋敷で若い家来と腰元の逐電騒ぎがあったとか……」

　新八は苦笑した。

「もう、噂になっているかい……」

「ええ。知らん振りをしながら聞き耳を立てているって奴ですか……」

「ああ……」

　勇次は笑った。


　妻恋稲荷の前には旗本屋敷が並び、背後に町方の地が湯島天神迄続いていた。

　雲海坊、由松、清吉は、妻恋稲荷裏の御駕籠町《おかごまち》などに黒沢兵衛を捜し始めた。

　雲海坊は、御駕籠町の自身番を訪れた。

「春頃に引っ越して来た浪人の黒沢兵衛さんですか……」

　店番《たなばん》は訊き返した。

「ええ。何処にお住まいか、調べては貰えませんかね」

雲海坊は頼んだ。

「ええと……」

店番は、町内名簿を捲った。

雲海坊は待った。

「ああ。いましたよ。浪人の黒沢兵衛さん」

店番は、町内名簿を見ながら告げた。

「いましたか……」

「ええ。黒沢兵衛さん、妻恋稲荷の裏のお稲荷長屋に住んでいますね」

「妻恋稲荷裏のお稲荷長屋……」

雲海坊は知った。

「ええ。一人暮らしですね」

「そうですか……」

「黒沢兵衛さん、どうかしたんですか……」

店番は眉をひそめた。

「いえ。人助けをしたそうでしてね。南の御番所の秋山久蔵さまがお捜しでしてね」

雲海坊は、笑顔で告げた。

「秋山さまが……」

店番は緊張した。

「ええ。ですから、此の事は他言無用ですよ」

雲海坊は、笑顔で釘を刺した。

「は、はい。そりゃあもう……」

店番は頷いた。

「南無阿弥陀仏……」

雲海坊は、経を読んで頭を下げた。


妻恋稲荷裏のお稲荷長屋……。

由松と清吉は、米屋や酒屋などに聞き込みを掛け、お稲荷長屋に辿《たど》り着いていた。

お稲荷長屋は、妻恋稲荷の裏塀沿いにある古い長屋だった。

雲海坊、由松、清吉は、お稲荷長屋を見張り始めた。

お稲荷長屋は、既におかみさんたちの洗濯の時も過ぎて静かだった。

「黒沢兵衛さん、奥の家だそうですよ」

清吉は、奥の家を示した。

「うん。面《つら》を拝みたいもんだな」

由松は眉をひそめた。

「よし……」

雲海坊は、咳払いをして声の出を確かめ、小声で経を読み始めた。そして、お稲荷長屋の木戸を潜り、奥の家に進んだ。

由松と清吉は、木戸の陰から見守った。

雲海坊は、奥の家の前に佇んで経を読み続けた。

僅かな刻が過ぎた。

雲海坊は、経を読み続けた。

奥の家の腰高障子が開き、総髪の黒沢兵衛が顔を出し、雲海坊の頭陀袋《ずだぶくろ》に小銭を入れた。

「御苦労さま……」

黒沢は、雲海坊を労《ねぎら》って腰高障子を閉めた。

「南無大師遍照金剛……」

雲海坊は、声を張って経を読みながら木戸に戻った。

「見たか……」

雲海坊は笑い掛けた。

「ええ。総髪に穏やかな物腰、おそらく黒沢兵衛さんに間違いないでしょうね」

由松は頷いた。

「ああ。よし、俺は此の事を親分に報せて来るよ」

「はい……」

「由松、清吉、何があっても手を出すな。見張るだけだぜ。良いな」

雲海坊は念を押した。

「承知……」

由松と清吉は頷いた。

「じゃあな……」

雲海坊は、お稲荷長屋の木戸を出た。

永野屋敷に動きはなかった。

勇次と新八は見張った。

親方と三人の植木職人が、植木梯子《ばしご》や道具を積んだ大八車を引き、淡路坂を上がって永野屋敷の裏手に廻って行った。

「永野屋敷に植木屋が入るようだな」

勇次は読んだ。

「確かめて来ます」

新八は、永野屋敷の裏手に走った。

勇次は、見張り続けた。

「勇次……」

幸吉と和馬がやって来た。

「親分、和馬の旦那……」

「どうだ……」

「今、植木屋が来たようでしてね。新八が確かめに行っています」

勇次は告げた。

「そうか……」

幸吉は頷いた。

新八が永野屋敷の裏手から現れ、駆け寄って来た。

「此奴は旦那、親分……」

新八は、幸吉と和馬に会釈をした。

「おう。御苦労だね」

和馬は労った。

「いえ……」

「どうだった……」

「はい。やっぱり永野屋敷に植木職人が入るそうですぜ」

新八は報せた。

「そうか……」

勇次は頷いた。

永野屋敷の表門脇の潜り戸が開き、仙八と二人の家来が出て来た。

「仙八たち、今日も黒沢さんを捜しに行くんですかね」

新八は読んだ。

「よし。勇次、新八、追ってみな」

幸吉は命じた。

「はい。新八……」

勇次は新八を促し、淡路坂を下りて行く仙八と二人の家来を追った。

和馬と幸吉は、勇次と新八に代わって永野屋敷の見張りに就いた。


神田川の流れは煌めいた。

雲海坊は、神田川に架かっている昌平橋に差し掛かった。

「雲海坊……」

着流し姿の久蔵が、塗笠を目深に被ってやって来た。

「秋山さま……」

「黒沢兵衛、見付かったようだな」

「はい……」

雲海坊は頷いた。

「よし。案内して貰おう」

久蔵は命じた。

お稲荷長屋には、赤ん坊の泣き声が響いていた。

「奥の家です……」

雲海坊は、奥の黒沢兵衛の家を示した。

「して、黒沢は雲海坊にお布施を渡した切り出て来ないのだな」

久蔵は、奥の黒沢兵衛の家を眺めた。

「はい……」

由松と清吉は頷いた。

「よし。暫《しばら》く様子をみるか……」

久蔵は決めた。

「あっ……」

清吉が小さな声をあげた。

黒沢の家の腰高障子が開いた。

久蔵、雲海坊、由松、清吉は見守った。

黒沢兵衛が現れ、風呂敷包みを背負ってお稲荷長屋の木戸に向かった。

久蔵、雲海坊、由松、清吉は物陰に潜んだ。

黒沢は、風呂敷包みを背負って妻恋坂に向かった。

「秋山さま、追います」

由松は告げた。

「うむ。雲海坊と後から行く……」

久蔵は頷いた。

「承知。清吉……」

由松は頷き、清吉を連れて黒沢を追った。

「背負った荷物、作った雨城楊枝で茶道具屋に卸しに行くのかも……」

雲海坊は睨んだ。

「うむ……」

久蔵と雲海坊は、黒沢を尾行る由松と清吉に続いた。


黒沢兵衛は、妻恋坂を下りて明神下の通りを不忍池に向かった。

由松と清吉は、交代しながら慎重に尾行た。

黒沢兵衛は、雲海坊の睨み通り、下谷広小路の茶道具屋に雨城楊枝を卸し、報酬を受け取った。そして、不忍池の畔に進んだ。

不忍池には水鳥が遊び、波紋が幾重にも重なりながら広がっていた。

黒沢兵衛は、不忍池の畔に佇んで眩《まぶ》し気に眼を細めて眺めた。

由松と清吉は、雑木林の木陰から見守った。

久蔵と雲海坊が追いついた。

「不忍池を眺めています」

清吉は告げた。

「何をする気ですかね」

由松は眉をひそめた。

「おそらく、俺たちの尾行に気が付き、出方を窺っているのだろう」

久蔵は苦笑した。

「秋山さま……」

由松は緊張した。

「よし。逢ってみるか……」

久蔵は、不敵な笑みを浮かべた。

四

不忍池から水鳥が飛び立ち、水飛沫《みずしぶき》が煌めいた。

久蔵は、雑木林を出て黒沢兵衛の許に向かった。

黒沢兵衛は振り返り、近付く久蔵を油断なく見詰めた。

「やあ……」

久蔵は、目深に被っていた塗笠をあげた。

「おぬし……」

黒沢は、松桂寺の墓地で目礼を交わした久蔵を覚えていたのか、微かな戸惑いを浮かべた。

「過日、霊南坂は松桂寺の墓地で逢った者だ」

久蔵は告げた。

「やはり……」

黒沢は、久蔵を覚えていた。

「うむ。私は南町奉行所吟味方与力秋山久蔵、元旗本永野家家中の黒沢兵衛どのだな……」

　久蔵は笑い掛けた。

「南町奉行所の秋山久蔵どの……」

　黒沢は、緊張を過《よぎ》らせた。

「うむ……」

「ならば、私を尾行る者たちは……」

「我が手の者……」

「何用あっての事ですか……」

　黒沢は、警戒を滲ませた。

「黒沢どの、かつての主、永野直武さまは家臣や奉公人を些細な事で手討ちにすると聞き及ぶ……」

「それは……」

「おぬしは昨夜も手討ちにされそうになった若い家来と腰元を助け、逃がした……」

　久蔵は笑った。

「秋山どの……」

黒沢は、微かに狼狽えた。

「おぬし、主の永野直武さまの御所業を諫《いさ》め、手討ちにされ掛けて御新造と共に逐電し、討手に追われている身……」

久蔵は、黒沢を見据えた。

「如何《いか》にも、私は主に討手を掛けられている身です」

黒沢は頷いた。

「そして、御新造を病で亡くされ、松桂寺に墓参りをした後、溜池の馬場で討手を退けた」

「そこ迄、御存知か……」

黒沢は、久蔵が己の事を良く知っているのに苦笑した。

「うむ……」

「秋山どの、私は直武さまを何度もお諫めした。だが、直武さまは主を蔑《ないがし》ろにする不忠者として手討ちにすると云い出しましてな。私は妻を連れて逐電するしかなかった……」

黒沢は、淋し気な笑みを浮かべた。

「そして、討手を蹴散らしながら逐電する者を助けていますか……」

「それが、先祖代々永野家に奉公して来た黒沢の家の者が出来るせめてもの忠義……」

黒沢は、哀し気に告げた。

「黒沢どの……」

久蔵は、黒沢の覚悟を知った。

「秋山どの、旗本は町奉行所の支配違い、直武さまの手討ちに関しては……」

「黒沢どの、永野直武さまが今迄に手討ちにした者に町方の者はいなかったかな……」

久蔵は、厳しい面持ちで尋ねた。

「町方の者……」

「左様……」

「如何に愚かな直武さまでも、流石《さすが》に手討ちにするのは家中の者共です」

「それなら良いが、万が一にも町方の者を手討ちにした時には、如何に大身旗本永野直武といえども只じゃあ済ませない……」

久蔵は、不敵に云い放った。

「秋山どの、最早その時は……」

黒沢は、不忍池の煌めきを眩し気に眺めた。

永野直武を討ち、御新造の許に行く……。

「黒沢どの……」

久蔵は、黒沢の腹の内を読んだ。

不忍池は煌めいた。


旗本永野屋敷は静けさに覆われていた。

和馬と幸吉は、見張り続けていた。

男たちの怒号と悲鳴が、永野屋敷から不意にあがった。

「柳橋の……」

和馬は驚いた。

「永野屋敷ですぜ……」

幸吉は、物陰を出て永野屋敷を窺った。

永野屋敷の裏手から、植木屋の親方と二人の職人が多くの家来たちに押し出されて来た。

「お許しを、平吉《へいきち》は、平吉は枝を払いに木に登ったのでございます。決してお殿さまのお座敷を覗《のぞ》こうとしたのではございません」

植木屋の親方は、土下座して必死に訴えた。

「黙れ。我が殿は下郎が木に登って座敷を覗いていたと、激怒されている」

「ですから、それは木の枝を払う為……」

「平吉をお助け下さい」

「お願いです……」

植木屋の親方と二人の職人は、家来たちに必死に訴えた。

幸吉は、事の次第を知った。

「柳橋の……」

「和馬の旦那……」

「おのれ……」

和馬は、植木職人と家来たちの許に走った。

幸吉は続いた。

「何事だ……」

和馬と幸吉は駆け寄った。

「お役人さま、平吉を、平吉をお助け下さい」

植木屋の親方は、和馬に悲痛に訴えた。

「町方同心に拘りはない……」

家来は狼狽えた。

次の瞬間、永野屋敷から男の断末魔の悲鳴があがった。

和馬、幸吉、植木屋の親方、職人たちは凍て付いた。

僅かな刻が過ぎた。

中間小者たちが、神妙な面持ちで裏から大八車を引いてきた。

大八車には、植木屋の道具と筵《むしろ》を掛けられた植木職人の死体が載せられていた。

「平吉……」

植木屋の親方と二人の職人は、悲痛に叫んで泣き崩れた。

「此の者が何をしたと云うのだ」

和馬は怒鳴った。

「我が殿が、座敷を覗いた咎で手討ちにした。左様心得ろ……」

家来はそう告げ、屋敷に引き上げた。

中間小者が項垂《うなだ》れて続いた。

「酷い。酷すぎる……」

植木屋の親方と二人の植木職人は、啜り泣いた。

和馬と幸吉は、不意の出来事に立ち尽くした。

「なに、植木職人が永野直武の手討ちにあっただと……」

久蔵は眉をひそめた。

「はい。庭木の枝を払おうと木に登ったのを、無礼にも座敷を覗いたと……」

和馬は、怒りを押し殺して告げた。

「おのれ、永野直武……」

久蔵は、怒りを滲ませた。

「今、柳橋が、雲海坊や由松たちを呼び、永野直武の動きを見張っています」

和馬は告げた。

「雲海坊や由松を……」

「はい……」

雲海坊と由松は、お稲荷長屋に帰った黒沢兵衛を見張り続けている。

その見張りの者たちが慌ただしく消えたとなれば、黒沢が異変を察知するのは間違いない。そして、異変が永野直武に絡んでいると知り、植木職人手討ちの一件を知る筈だ。

久蔵は、黒沢兵衛の覚悟を思い出し、その動きを読んだ。

「和馬、永野屋敷に行くぞ……」

久蔵は、刀を手にして立ち上がった。


永野屋敷は静寂に覆われていた。

幸吉は、駆け付けた雲海坊と表門を見張り、由松と清吉を裏に廻して永野直武の動きを窺った。

永野直武は、屋敷から出る事はなかった。

「親分……」

雲海坊は、淡路坂を上がって来る者に気が付いて緊張を浮かべた。

「どうした……」

「黒沢兵衛さんです」

雲海坊は、淡路坂を上がって来る浪人の黒沢兵衛を示した。

「黒沢兵衛さん……」

幸吉は眉をひそめた。

黒沢兵衛は、雲海坊と幸吉に淋し気な笑みを浮かべて目礼し、淡路坂を上がって永野屋敷に進んだ。

「雲海坊……」

幸吉は、不吉な予感を覚えた。

「ええ。黒沢さん……」

雲海坊は、思わず声を掛けた。

黒沢は振り向いた。

「秋山どのによしなにお伝え下され……」

黒沢は微笑んだ。

幸吉と雲海坊は、黒沢の覚悟を知った。

黒沢は、永野屋敷の潜り戸を叩いて脇に身を寄せた。

覗き窓を覗いた中間は、怪訝な面持ちで潜り戸を開けた。

黒沢は、素早く中間を引き出して中に入り、潜り戸を閉めた。

「く、黒沢さま……」

中間は、慌てて潜り戸を開けようとした。だが、潜り戸には、既に内側から閂《かんぬき》が掛けられていた。

中間は、血相を変えて裏手に走った。

「雲海坊……」

幸吉は、雲海坊を促して潜り戸に走った。

永野屋敷から怒号が上がった。

雲海坊は、表門の扉の隙間から中を覗いた。

前庭では、家来たちに取り囲まれた黒沢が家来の一人を抜き打ちに斬り棄て、猛然と奥に走った。

「親分、黒沢さんが斬り込んだ」

雲海坊は叫んだ。

「くそっ……」

幸吉は焦った。

「柳橋の、雲海坊……」

久蔵と和馬が、淡路坂から駆け寄って来た。

「秋山さま、黒沢さんが斬り込みました」

幸吉は告げた。

「遅かったか……」

久蔵は悔やんだ。

永野屋敷からは、斬り合う男たちの怒号と悲鳴が洩《も》れていた。

「和馬、柳橋の、此処を頼む……」

久蔵は、裏手に走った。


裏門では、由松と清吉が開け放たれた潜り戸から中を覗いていた。

「由松……」

久蔵が駆け寄って来た。

「秋山さま……」

「中に入れるか……」

「はい。中間が潜り戸を開けっ放しに……」

由松は、開け放たれた潜り戸を示した。

「よし。清吉は残れ、由松は一緒に来い」

久蔵は、由松を従えて永野屋敷に踏み込んだ。

由松は、緊張を漲らせて続いた。

永野屋敷の裏門内では、中間小者たちが恐ろしそうに身を寄せ合って表御殿の方を窺っていた。

表御殿からは、男たちの怒号と刃の嚙み合う甲高い音が響いていた。

久蔵は、斬り合いの方に進んだ。

由松は続いた。

混乱する永野屋敷の者たちに、久蔵と由松を咎める者はいなかった。

黒沢兵衛は、襲い掛かる家来たちを斬り棄て蹴散らし、主の永野直武のいる奥御殿に向かった。

「みんな、殿は何の罪科《つみとが》もない植木職人を手討ちにした。最早、御乱心の極み、生かして置けば、永野家は云うに及ばず、家臣や奉公人の為にならず。因《よ》って死んで戴く……」

黒沢は、白刃を向ける家来たちを見据えて厳しく告げた。

「黙れ、不忠者……」

家来たちは、黒沢に斬り掛かった。

黒沢は、刀を閃《ひらめ》かせて家来を斬り伏せた。

血が飛び、襖《ふすま》が破れて倒れ、床が激しく鳴った。

「殿は無辜《むこ》の植木職人を手討ちにする御乱心。三河以来の直参《じきさん》旗本永野家の為にならず……」

黒沢は、怒鳴りながら表御殿から奥御殿に進んだ。

家来たちの中には、黒沢の言葉に狼狽えて後退する者も出始めた。

黒沢は、襲い掛かる家来たちと鋭く斬り結びながら奥御殿に踏み込んだ。

奥御殿は主一家が暮らす領域だ。

「殿、黒沢兵衛にございます。出て来てお手討ちになされるが良い。殿、不忠者の黒沢兵衛、お手討ちにされに参上致しましたぞ」

黒沢は、永野直武に呼び掛けながら奥御殿を進んだ。

家来たちは斬り掛かった。

黒沢は、手傷を負って流れる血と返り血に染まりながら斬り棄て、続く座敷を進んだ。

永野直武が三人の近習《きんじゅ》に護られ、突き当りの座敷に現れた。

「殿……」

黒沢は、嬉し気な笑みを浮かべた。

「く、黒沢。おのれ、不忠者が……」

永野直武は、顔を歪《ゆが》めて罵《ののし》った。

「殿、此の黒沢兵衛をお手討ちになされい」

黒沢は、永野直武に向かって進んだ。

「おのれ、黒沢……」

永野直武は、怒りと恐怖に声を激しく震わせた。

「無礼者……」

近習の一人が、黒沢に鋭く斬り掛かった。

黒沢は、横薙《よこな》ぎの一刀を放った。

近習は、脇腹を斬られながらも黒沢に組み付いた。

「放せ……」

黒沢は、組み付いた近習を振り払った。

組み付いた近習は、振り払われてどっと倒れた。

刹那、残る近習が黒沢の背を袈裟懸《けさが》けに斬った。

黒沢は、振り向きざまに真っ向から斬り下げた。

近習は、額から血を流して仰《の》け反《ぞ》り斃《たお》れた。

黒沢は、袈裟懸けに斬られた背から血を流し、永野直武に笑い掛けた。

永野直武は恐怖に震え、後退《あとずさ》りをした。

「殿……」

黒沢は、永野直武に迫った。

永野直武は、近習と縁側から庭に逃げた。

黒沢は追った。

永野直武は、近習を盾に後退りをした。

「殿……」

黒沢は、血塗《ちまみ》れの刀を手にして永野直武に迫った。

「殿。此の黒沢兵衛をお手討ちにされよ……」

黒沢は、笑みを浮かべて告げた。

その手の刀の鋒からは血が滴《したた》り落ちた。

「く、黒沢……」

永野直武は、顔を醜く歪めて残る近習を黒沢に突き飛ばした。

近習は、踏鞴《たたら》を踏むような勢いで黒沢に斬り付けた。

黒沢は、躱《かわ》しながら斬り飛ばした。

近習は血を飛ばし、前のめりに斃れた。

「と、殿……」

黒沢は、よろめいて膝をついた。

「く、黒沢……」

永野直武は震えた。

「此の黒沢をお手討ちに……」

黒沢は、必死に立ち上がろうとした。

「お、おのれ……」

永野直武は、恐怖に激しく震えて後退りし、逃げようとした。

久蔵が現れ、行く手に立ち塞がった。

「そ、その方……」

永野直武は、恐怖に嗄れ声を引き攣《つ》らせた。

「南町奉行所吟味方与力秋山久蔵、植木職の平吉の手討ちの仔細、聞かせて戴こう」

久蔵は、怒りを浮かべて見据えた。

「だ、黙れ……」

永野直武は、恐怖に後退りをした。

「殿……」

黒沢は、必死に立ち上がった。

「おのれ、黒沢兵衛……」

永野直武は、狂ったような叫び声をあげて黒沢に斬り掛かった。

黒沢は、血塗れの刀を真っ向から斬り下げた。

血が飛んだ。

永野直武は、額を斬り下げられて両眼を瞠り、ゆっくりと斃れた。

黒沢は、残心の構えを取っていた。

「黒沢どの……」

久蔵は呼び掛けた。

「あ、秋山どの、忝い……」

黒沢は、大きく息を吐いて微笑み、膝から崩れ落ちて前のめりに倒れた。

「黒沢どの……」

久蔵は、黒沢に駆け寄った。

黒沢は、既に絶命していた。

久蔵は、黒沢の死体に手を合わせて背負った。

「秋山さま……」

由松が現れた。

「由松、黒沢は死んだ。御新造の許に連れて行く……」

久蔵は告げた。

「承知しました……」

由松は頷いた。

久蔵は、黒沢の遺体を背負って裏門に向かった。

由松は、家来や奉公人を牽制し、黒沢を背負って行く久蔵を先導した。

久蔵は、黒沢を背負って永野屋敷を出た。

久蔵は、浪人の黒沢兵衛を霊南坂松桂寺の御新造の墓の隣に葬った。

そして、目付の榊原蔵人《くらんど》に旗本永野直武の所業を詳しく報せた。
永野家は、主直武が乱心の末に病で頓死《とんし》したと公儀に届けた。
公儀は、主直武の乱心の上での病死を認め、永野家の家禄を大きく減知した。
永野家は、辛《かろ》うじて取り潰しを免れた。
黒沢兵衛の願いは叶えられた。
此れで良い……。
久蔵は、霊南坂を上がって松桂寺の墓地に向かった。
松桂寺の墓地は、住職の読む経と線香の紫煙に満ちていた。

第二話

人斬り

一

夕暮れ時。

外堀は西日に煌めいた。

秋山久蔵は、南町奉行所を退出し、外堀に架かっている数寄屋橋御門を渡った。

外堀の堀端を北に進み、鍛冶橋《かじばし》御門前の京橋川に架かる比丘尼橋《びくにばし》を渡り、東に曲がる。そして、東を進んで京橋の袂《たもと》を抜け、楓川《もみじがわ》に出る。

楓川を渡ると京橋川は八丁堀《はっちょうぼり》になり、組屋敷街の傍らを流れて江戸湊《えどみなと》に流れ込む。

秋山久蔵は、堀端から京橋川に架かっている比丘尼橋を渡った時、何者かの見詰める視線を感じた。
誰だ……。
久蔵は、歩みを止めずに背後を窺った。
背後には、職人やお店者《たなもの》、お店のお内儀《ないぎ》たち町方の者が行き交っていた。
不審な者はいない……。
久蔵は見定め、京橋に進んだ。
再び何者かの見詰める視線を感じた。
やはり、何者かが見ているのだ。
だが、視線に殺気はない……。
久蔵は、微かな戸惑いを覚えながらも見定めた。

八丁堀は、小川を八町に亘って開鑿《かいさく》した掘割であり、荷船が行き交っていた。
久蔵は、楓川に架かる弾正橋《だんじようばし》を渡って本八丁堀一丁目に進んだ。
何者かの視線は続いていた。
久蔵は振り返った。
弾正橋を渡って来た着流しの侍が立ち止まり、久蔵を見詰めた。

視線の主か……。

久蔵は眺めた。

着流しの侍は、その背に夕陽を受けて顔も良く分からない黒い影になっていた。

見覚えがある……。

久蔵は、着流しの侍の弾正橋の袂に佇む姿に見覚えがあった。

かつて何処かで出逢った奴か……。

着流しの侍の佇む姿勢、体形、刀の差し方、雰囲気などは、その昔、何処かで見た覚えがあるのだ。

何処の誰だった……。

久蔵は、着流しの侍を見詰めた。

着流しの侍の久蔵を見詰める視線には、殺気は感じられない。

よし……。

久蔵は、着流しの侍の許に戻ろうとした。

刹那、殺気が放たれた。

久蔵は眉をひそめた。

着流しの侍は、久蔵に殺気を放っていた。

久蔵は見定めた。

着流しの侍は、踵《きびす》を返して弾正橋に戻って行った。

着流しの侍は殺気を放った。

敵か……。

久蔵は、敵としての着流しの侍らしき者を思い浮かべた。

だが、思い当たる者は浮かばなかった。

久蔵は、八丁堀岡崎町《おかざきちょう》の秋山屋敷に向かった。

夕陽は、八丁堀の流れを赤く染めて沈んで行った。

久蔵は、妻の香織、大助《だいすけ》、小春《こはる》、そして与平《よへい》、太市《たいち》、おふみと賑やかな夕食を終え、己の座敷に入った。そして、手酌で酒を楽しみながら着流しの侍を思い浮かべた。

何処の誰だ……。

久蔵は、己と敵対している者の中に着流しの侍を捜した。

姿勢、体形、刀の差し方、雰囲気……。

久蔵は、黒い影として佇んだ着流しの侍が誰か思い出そうとした。

久蔵は、手酌で酒を飲んだ。

「あっ……」

久蔵は気が付いた。

着流しで佇む姿勢、体形、刀の差し方、雰囲気と同じ者はいた。

望月平蔵《もちづきへいぞう》……。

着流しで佇む姿勢、体形、刀の差し方、雰囲気は、十年前、久蔵に悪事を追及された旗本に雇われた用心棒の望月平蔵と同じだったのだ。

望月平蔵……。

久蔵は思い出した。

そして、十年前に浪人望月平蔵と鋭く斬り結んで斃した事も思い出した。

十年前に斬り斃した望月平蔵……。

久蔵を見詰め、最後に殺気を放った着流しの浪人は、十年前に斬った望月平蔵と瓜二つなのだ。

望月平蔵と瓜二つの着流しの侍は、何者なのか……。

望月平蔵と拘りのある者なのか……。

それとも、良く似た赤の他人なのか……。

そして、何故に久蔵を見詰め、殺気を放ったのか……。

久蔵は、想いを巡らせながら手酌で酒を飲んだ。

行燈《あんどん》の火は揺れた。


入谷高源寺《こうげんじ》の賭場《とば》は、博奕打ちと客たちの熱気に満ち溢れていた。

遊び人の金治《きんじ》は、儲かった金を懐に入れて盆茣蓙《ぼんござ》を離れた。そして、博奕打ちの代貸に挨拶をして高源寺の賭場を出た。

丑《うし》の刻八つ（午前二時）の鐘が鳴り始めた。

金治は、高源寺を出た。

着流しの浪人が現れた。

金治は、胡散臭《うさんくさ》そうに会釈をして通り過ぎようとした。

「遊び人の金治か……」

着流しの浪人は、金治に声を掛けた。

「え、ええ……」

金治は、怪訝な面持ちで立ち止まった。

刹那、着流しの浪人は、抜き打ちの一刀を閃かせた。

金治は、首の血脈を断ち斬られ、血を撒き散らして廻り、倒れた。

着流しの浪人は、倒れた金治に蔑《さげす》みの一瞥を与えて刀を一振りした。

鋒から血が飛んだ。

着流しの浪人は、刀を鞘に納めて立ち去って行った。

金治は微かに呻き、息絶えた。


「入谷で遊び人が斬り殺されただと……」

久蔵は、定町廻り同心の神崎和馬に聞き返した。

「はい。賭場帰りの金治って遊び人でしてね。首の血脈を刎《は》ね斬られていました」

和馬は報せた。

「首の血脈を刎ね斬られていた……」

久蔵は眉をひそめた。

「はい。斬った者はかなりの遣い手かと……」

和馬は、久蔵の反応を窺った。

「うむ……」

久蔵は頷いた。

望月平蔵……。

久蔵は、十年前に斬り棄てた望月平蔵を思い出した。

首の血脈を刎ね斬るのは、望月平蔵の得意技だった。

昨日に続き……。

久蔵は、望月平蔵に良く似た着流しの侍を思い出さずにはいられなかった。

「秋山さま……」

和馬は、久蔵の様子に戸惑いを浮かべた。

「うむ。和馬、金治の周辺に着流しの侍がいないか洗ってみてくれ」

「着流しの侍ですか……」

和馬は眉をひそめた。

「左様。処で和馬、十年前に旗本の用心棒に雇われていた望月平蔵を覚えているか……」

「秋山さまが斬り棄てた浪人。そう云えば、望月平蔵も首の血脈を刎ね斬った……」

和馬は覚えていた。

「うむ。昨日、その望月平蔵に姿や形《なり》、雰囲気の良く似た着流しの侍が俺を尾行て来た」

「望月平蔵に良く似た着流しの侍……」

和馬は緊張した。

「うむ。ひょっとしたら金治殺しに、何か拘りがあるのかもしれぬ……」

久蔵は告げた。

「分かりました。金治の周辺に望月平蔵に良く似た着流しの侍がいるかどうか、調べてみます。では……」

和馬は、久蔵に一礼して用部屋を出て行った。

「望月平蔵……」

久蔵は、厳しい面持ちで呟《つぶや》いた。

岡っ引の柳橋の幸吉は、下っ引の勇次と手先の新八や清吉たちに殺された遊び人の金治の身辺を洗わせた。

「金治、どんな奴か分かったかい……」

「はい。金治、食詰め浪人や遊び人と連《つる》んで強請《ゆすり》に集《たか》り、質《たち》の悪い事をしていました」

新八は報せた。

「それから、金貸しの取り立てなんかもしていたようです」

清吉は告げた。

「強請集りに借金の取り立てか……」

幸吉は眉をひそめた。

「ええ。どうやら金治、汚い小悪党で、随分と恨みを買っているようですぜ」

勇次は苦笑した。

「うむ。博奕で勝った金も奪われていない処を見ると、恨みか喧嘩。ま、恨みだろうな」

幸吉は読んだ。

「ええ。ですが、手口は首への一太刀……」

勇次は眉をひそめた。

「ああ。斬ったのは、かなりの手練《てだ》れだ。恨んでいる者に雇われた侍か、恨んでいる侍かもな……」

「きっと……」

勇次は、幸吉の読みに頷いた。

「よし。引き続き、金治の身辺を調べ、金治を恨んでいる奴の割り出しを急いでくれ」

幸吉は命じた。

「はい……」

勇次、新八、清吉は頷いた。

「ま、何れにしろ金治を斬った侍は、かなりの遣い手だ。危ないと思ったら、遠慮はいらない、さっさと引き揚げるんだぜ」

幸吉は笑った。

「承知……」

勇次は頷き、新八と清吉を促して船宿『笹舟』から出て行った。

そして、幸吉は老練な雲海坊と由松を呼び、金治を斬った手練れの侍を捜すように命じた。

雲海坊と由松は、裏渡世に張り巡らせた伝手《つて》を頼りに金治を斬った侍を捜し始めた。

夕暮れ時が近付いた。

「旦那さま……」

太市は、久蔵に命じられた通りの時刻に南町奉行所にやって来た。

「おう。来たか……」

「はい……」

太市は、用部屋の戸口に控えた。

「後、四半刻（三十分）もすれば退出する。手筈《てはず》通りにな……」

久蔵は笑った。


久蔵は、南町奉行所を出て数寄屋橋御門に進んだ。

数寄屋橋御門を渡った久蔵は、外堀沿いを比丘尼橋に向かった。

数寄屋橋御門の東詰にいた太市は、久蔵の後を行く者に眼を光らせた。

下男を従えた羽織袴の武士、お店者、武家の妻女、職人、町方の娘、質素な形の初老の女……。

様々な者が、久蔵の後ろから外堀沿いを進んで行った。

旦那さまを尾行る者……。
太市は、久蔵を尾行る者を見定めるように命じられていた。
久蔵は、比丘尼橋に進む。
比丘尼橋で何人かの者が久蔵の背後から外れ、何人かが加わる筈だ。
旦那さまを尾行る者は現れるのか……。
太市は、緊張を滲ませながら続いた。
尾行る者は着流しの侍……。
久蔵は、太市に尾行者が着流しの侍かもしれないと告げていた。
太市は、久蔵の後を行く者の中に着流しの侍を捜した。
今の処、着流しの侍はいない……。
久蔵は、比丘尼橋を渡って東に曲がった。
後に続く者は……。
太市は見守った。
職人、お店者、質素な形の初老の女……。
着流しの侍はいない。
太市は、辺りを窺いながら久蔵を追った。

久蔵は、京橋川沿いを進んで楓川に架かっている弾正橋に出た。

職人やお店者は既に日本橋の通りに曲がり、久蔵の後を行く者は質素な形の初老の女だけになった。

着流しの侍は現れない……。

太市は、微かな戸惑いを覚えた。

久蔵は、弾正橋を渡って本八丁堀の通りに進んだ。

八丁堀岡崎町の秋山屋敷は近い。

久蔵は、いつもと変わらない足取りで進んだ。そして、八丁堀の組屋敷街に向かった。

太市は追った。

数寄屋橋御門から久蔵に続く者は、質素な形の初老の女だけだった。

まさか……。

旦那さまを尾行るのは、着流しの侍ではなく質素な形の初老の女なのか……。

太市は、久蔵と後に続く質素な形の初老の女を追った。

秋山屋敷は表門を閉めていた。

久蔵は、潜り戸から秋山屋敷に入った。

質素な形の初老の女は立ち止まり、久蔵の入った秋山屋敷を見詰めた。

太市は、戸惑いながら質素な形の初老の女を見守った。

質素な形の初老の女は、秋山屋敷を窺った。

尾行者は質素な形の初老の女なのだ。

太市は見定めた。

質素な形の初老の女は、小さな溜息を吐いて秋山屋敷の前から離れ、来た道を戻り始めた。

何処の誰か突き止める……。

太市は、質素な形の初老の女を尾行た。


遊び人の金治は、湯島天神男坂の下にある潰れた飲み屋に食詰め浪人や遊び人と住み着き、強請集りを働いていた。

金治を斬った者は、金治と連んで強請集りを働いた食詰め浪人や遊び人の命を狙っているのかもしれない。

勇次と新八は、潰れた飲み屋を見張った。

幸吉と清吉は、神田同朋町《どうぼうちょう》に住む金貸し長兵衛《ちょうべえ》を訪れた。

「金治が扱っていた取り立てですか……」

金貸し長兵衛は、肥った身体を揺らした。

「ええ。その取り立てが酷くて恨まれ、斬り棄てられたのかもしれないのでね」

幸吉は、金貸し長兵衛に厳しい眼を向けた。

「柳橋の親分さん、そいつはどうですかね……」

長兵衛は、狡猾《こうかつ》な笑みを浮かべた。

「長兵衛さん、教えられないと云うなら、江戸中の岡っ引に触れを廻し、お前さんの借金の取り立てをじっくり見せて貰うぜ」

幸吉は嘲《あざけ》りを浮かべた。

「お、親分、そんな……」

長兵衛は慌てた。

借金の取り立てを岡っ引に監視されて良い筈はない。

「じゃあ、勿体《もったい》付けるんじゃあねえ」

幸吉は、長兵衛を厳しく見据えた。

「分かりました。直ぐに……」

長兵衛は、背後の戸棚から数枚の借用証文を幸吉に差し出した。

「此奴が金治が扱っていた取り立てか……」

「はい……」

「じゃあ、ちょいと預からせて貰うぜ」

幸吉は、借用証文を懐に入れた。

「は、はい……」

「長兵衛さん、金治を殺《や》った奴は、お前さんも狙っているかもしれない。そいつを忘れるんじゃあない……」

幸吉は苦笑した。

「お、親分……」

長兵衛は、怯えを滲ませて狼狽えた。

「じゃあ……」

幸吉は、清吉を促して長兵衛の家を出た。

雲海坊と由松は、裏渡世の者たちに首の血脈を刎ね斬る手練れを知らないか尋ね歩いた。

そして、神田明神の境内の茶店で落ち合った。

「で、いたか……」

雲海坊は、茶を啜りながら由松に訊いた。

「ええ。首の血脈を刎ね斬る手練れ、知っている盗人がいましたよ」

由松は苦笑した。

「そうか。いたか……」

「ええ。年の頃は二十歳半ばで背の高い浪人だそうです」

「名前は……」

「鬼若《おにわか》の旦那だとか……」

「鬼若の旦那。本名は……」

「そいつが分かりません」

「分からないか……」

「鬼若の旦那としか……」

「塒《ねぐら》は……」

「そいつも……」

由松は、首を横に振った。

「分からないか……」

「ええ。ですが、時々、浅草は浅草寺《せんそうじ》の境内で見掛けるそうですぜ」

由松は、小さな笑みを浮かべた。

「浅草寺の境内か……」

「ええ……」

「よし……」

雲海坊は、茶を飲み干して立ち上がった。

質素な形の初老の女は、楓川沿いの通りを北に進んだ。

太市は尾行た。

初老の女は、楓川沿いの道を抜けて日本橋川に架かっている江戸橋を渡った。

そして、西堀留川沿いを足早に北に進んだ。

家が近いのかもしれない……。

太市は読んだ。

初老の女は、西堀留川に架かっている中ノ橋を渡って小舟町《こぶなちよう》一丁目に入った。

太市は追った。

初老の女は、西堀留川に面した木戸を潜って古い長屋に入った。

太市は、木戸に走って古い長屋を窺った。

初老の女が、古い長屋の奥の家に入るのが見えた。

見届けた……。

太市は、微かな安堵を覚えた。

初老の女の名前と素性だ……。

太市は、小舟町の自身番に走った。

町は夕陽に染まっていた。

二

小舟長屋に住む望月初枝《はつえ》……。

太市は、小舟町の自身番で久蔵を尾行た質素な形の初老の女の名を知った。

望月初枝は、十年前に小舟長屋に引っ越して来て、組紐《くみひも》や飾り結び作りを生業にして一人静かに暮らしていた。

「望月初枝さん、家族はいないんですかね」

太市は、久蔵を尾行た着流しの侍を望月初枝の倅《せがれ》かもしれないと読んだ。

「さあ、引っ越して来てからずっと一人暮らしですが……」

自身番の店番は首を捻った。

「そうですか……」

太市は、店番に礼を述べて小舟町の自身番を出て夜の町を八丁堀の秋山屋敷に急いだ。


行燈の明かりは、久蔵と太市を仄《ほの》かに照らした。

「なに、着流しの侍ではなく、質素な形の初老の女……」

久蔵は、戸惑いを過らせた。

「はい。旦那さまを尾行ていたのは、質素な形の初老の女でした」

太市は告げた。

「その質素な形の初老の女、名は……」

「望月初枝と云う名前です」

「望月初枝……」

久蔵は眉をひそめた。

「お心当たり、ありますか……」

「おそらく、十年前に斬った浪人、望月平蔵の妻女だろう」

久蔵は告げた。

「十年前に斬った望月平蔵の妻女……」

太市は眉をひそめた。

「うむ……」

「では、十年前に夫を斬られた恨みを晴らそうとしているのかも……」

太市は読んだ。

「かもしれぬが……」

久蔵は、断定をしなかった。

「何か……」

「他に用があるのかもしれぬ」

「他に用ですか……」

「うむ……」

久蔵は、厳しい面持ちで頷いた。

「望月初枝、暫く張り付いてみますか……」

「うむ。そうしてくれ」

「承知しました。では……」

太市は、久蔵の座敷を出ようとした。

「太市……」

「はい……」

太市は、怪訝に振り返った。

「望月初枝の身辺には、恐ろしい遣い手がいるかもしれない。拙《まず》いと思ったら直ぐに逃げろ。良いな」

「はい。心得ました」

久蔵は、厳しい面持ちで告げた。

太市は出て行った。

「望月初枝か……」

久蔵は、望月初枝が望月平蔵の妻なのだと確信した。

何故、望月初枝は俺を尾行たのか……。

恨み、憎しみの果てなのか……。

それとも……。

久蔵は、想いを巡らせた。

行燈の火は瞬いた。


幸吉と清吉は、金治に借金の取り立てを受けた者を訪ね歩いた。だが、取り立てを受けた者たちの中には、金治殺しに拘りのあるような者は浮かばなかった。


勇次と新八は、金治が塒にしていた湯島天神男坂下の潰れた飲み屋を見張った。

しかし、金治の悪仲間の浪人や遊び人を襲う手練れは現れなかった。

勇次と新八は、辛抱強く見張り続けた。


金龍山《きんりゅうざん》浅草寺の境内は、参拝客や遊び客などで賑わっていた。

鬼若の旦那と呼ばれる年の頃は二十歳半ばで背の高い浪人……。

雲海坊と由松は、境内の賑わいに鬼若の旦那と呼ばれる浪人を捜した。

二十歳半ばの背の高い侍は大勢いるが、鬼若の旦那と呼ばれる浪人は容易に見付からなかった。

西堀留川の流れは澱《よど》んでいた。

太市は、小舟町の小舟長屋に住む望月初枝を見張った。

望月初枝は、長屋のおかみさんたちと井戸端で洗濯をして家に引き取った。

此れから生業の組紐や飾り結び作りをするのか……。

太市は見守った。

井戸端でのおかみさんたちの洗濯とお喋りは続いた。


久蔵は、十年前の望月平蔵の絡んだ一件の覚書を読み直した。

一件は、或る旗本が博奕打ちたちと博奕で揉めて袋叩きにされ、望月平蔵を用心棒に雇って恨みを晴らした事に始まった。

博奕打ちたちは怒り、旗本と用心棒の望月平蔵の命を狙った。そして、旗本は博奕打ちたちに殺された。博奕打ちたちは、旗本に続いて用心棒の望月平蔵の命を狙った。

望月平蔵は、襲い掛かる博奕打ちたちを容赦なく斬り棄てた。

首の血脈を刎ね斬って……。

望月平蔵は、〝首切り鬼〟と呼ばれて博奕打ちたちに恐れられた。

そして、久蔵は望月平蔵を博奕打ち殺しとして追い詰めた。

望月平蔵は、覚悟を決めて久蔵と激しく斬り結んだ。

そして、久蔵は望月平蔵を斬り斃した。

望月平蔵は、馬鹿な一件に拘って無駄死にをした。

久蔵は、望月平蔵を哀れんだ。

それにしても十年前、望月平蔵は何故に博奕打ちと揉めるような旗本の用心棒に雇われたのか……。

久蔵は気になった。


湯島天神男坂には参拝客が行き交った。

勇次と新八は、男坂の下の潰れた飲み屋を見張り続けていた。

潰れた飲み屋の腰高障子が開いた。

「勇次の兄貴……」

新八は、路地の奥にいる勇次を呼んだ。

勇次が奥から現れ、新八に並んだ。

無精髭《ぶしょうひげ》の中年浪人が現れ、明神下の通りに向かった。

「兄貴……」

「よし。追ってみな……」

勇次は命じた。

「合点です。じゃあ……」

新八は、髭面の中年浪人を追った。

「気を付けてな……」

勇次は新八を見送り、潰れた飲み屋の見張りを続けた。


不忍池は煌めいていた。

無精髭の中年浪人は、不忍池の畔を進んだ。そして、小さな古い茶店の縁台に腰掛け、老婆に茶を注文した。

新八は、雑木林から見張った。

無精髭の中年浪人は、老婆の持って来た茶を啜り始めた。

水鳥が遊び、水面《みなも》に小波《さざなみ》が走った。

無精髭の中年浪人は、茶を飲み続けた。

新八は見張った。
着流しの若い浪人が現れ、無精髭の中年浪人の隣に腰掛けて茶店の老婆に茶を頼んだ。
新八は見守った。
無精髭の中年浪人は、若い浪人に何事かを告げた。
若い浪人は、何事かを訊き返した。
老婆は若い浪人に茶を運び、奥に戻って行った。
若い浪人は、無精髭の中年浪人に小さな紙包みを渡した。
無精髭の中年浪人は、嬉し気に小さな紙包みを懐深くに入れた。
金を渡した……。
若い浪人は、無精髭の中年浪人を金で雇い、何かをさせているのかもしれない。
新八は睨んだ。
若い浪人は、茶を一息に飲み干して茶店を後にした。
どうする……。
新八は迷った。
決めた……。

迷いは一瞬だった。

新八は、若い浪人を尾行る事にした。

若い浪人は、落ち着いた足取りで明神下の通りに向かっていた。

新八は、慎重に尾行た。


金龍山浅草寺の参拝客は途切れる事はなかった。

雲海坊と由松は、浅草寺境内で鬼若の旦那と呼ばれる二十歳半ばの背の高い浪人を捜し続けた。

雲海坊は、境内の雑踏に年増の女掏摸《すり》おきちがいるのに気が付いた。

年増の女掏摸のおきちは、参拝を終えて多くの客の中から出て来た。

一仕事して来た……。

雲海坊は苦笑し、年増の女掏摸のおきちを追った。

おきちは、本堂近くにある三社権現の裏に廻り、男物の財布から小判と一分銀などを取り出した。そして、空になった財布を三社権現の縁の下に放り込んだ。

「やあ、おきち……」

おきちは、男の声に厚化粧の顔を歪めた。

「暫くだね……」

雲海坊が現れ、饅頭笠《まんじゆうがさ》をあげて顔を見せた。

「あら、雲海坊さんですか……」

おきちは科《しな》を作り、厚化粧の顔で笑った。

「うん。ちょいと訊きたい事があってね」

雲海坊は苦笑した。

「あら、何ですか、聞きたい事って……」

「近頃、此の界隈に二十歳半ばで鬼若の旦那と呼ばれる背の高い浪人がいるって聞いたが、知っているかな……」

「ああ。鬼若の旦那ですか……」

雲海坊は尋ねた。

「知っているのか……」

「ええ……」

おきちは頷いた。

「本名は……」

雲海坊は訊いた。

「本名なんて知りませんよ」

「本名、知らないか……」

「ええ。聖天《しょうでん》一家の博奕打ちが鬼の倅だから鬼若の旦那って呼んだそうですよ」

おきちは告げた。

「鬼の倅……」

雲海坊は眉をひそめた。

「ええ。きっと、お父っつあんが赤鬼か青鬼だったんですよ」

おきちは笑った。

「で、何処に住んでいるかは……」

「何でも、下谷の方のお寺の家作に住んでいるとか……」

「寺の家作か……」

「はい……」

「で、おきち、鬼の倅だから鬼若の旦那だと呼んだのは、聖天一家の博奕打ちだそうだが、誰だい……」

雲海坊は訊いた。

「さあ、そこ迄は……」

おきちは、首を横に振った。

「そうか……」

「じゃあ雲海坊さん、私はそろそろ……」

「ああ。おきち、次の仕事は気を付けるんだな……」

雲海坊は苦笑した。

「え、ええ。仰《おっしゃ》る迄もなく……」

おきちは科を作って微笑み、三社権現の裏から足早に立ち去った。

雲海坊は、三社権現の裏から出て見送った。

「雲海坊の兄貴……」

由松が駆け寄って来た。


着流しの若い浪人は、明神下の通りから神田川に架かる昌平橋を渡り、神田八つ小路に出た。そして、神田須田町《すだちょう》から日本橋の方に向かった。

新八は、慎重に尾行た。

着流しの若い浪人は、室町《むろまち》三丁目に進んで浮世小路に曲がった。

新八は追った。

着流しの若い浪人は、浮世小路から西堀留川沿いに進んで小舟町に入った。
小舟長屋には物売りの声が響いていた。
太市は、小舟長屋の奥の家に住んでいる望月初枝を見張っていた。
望月初枝は、家で組紐や飾り結び作りに励んでいるのか、出て来る事はなかった。
太市は見張った。
着流しの若い浪人がやって来た。
太市は物陰に隠れた。
着流しの若い浪人は、小舟長屋の木戸で辺りを鋭い眼差しで窺い、長屋の奥に進んだ。
太市は見守った。
着流しの若い浪人は、望月初枝の家に入って行った。
太市は見届けた。
新八が、辺りを見廻しながらやって来た。
「新八……」

太市は、物陰を出て呼んだ。

新八は、太市に気が付いて駆け寄って来た。

「太市さん……」

新八は、微かな戸惑いを過らせた。

「着流しの若い浪人か……」

太市は、新八が着流しの若い浪人を尾行て来たと読んだ。

「はい……」

新八は頷いた。

「此の小舟長屋の奥の家に入ったぜ」

太市は、小舟長屋の奥の家を示した。

「奥の家ですか……」

「ああ。望月初枝って浪人の後家さんの家だ」

「望月初枝……」

「うん。で、着流しの若い浪人は誰だ」

「殺された金治の仲間の浪人と逢っていましてね。それで尾行て来ました」

「そうか……」

「それで太市さん、どうして望月初枝さんを見張っているんですか……」

新八は眉をひそめた。

「望月初枝、うちの旦那さまを尾行てね」

「秋山さまを……」

新八は驚いた。

「うん……」

太市は苦笑した。

奥の家の腰高障子が開き、着流しの若い浪人が望月初枝と出て来た。

太市と新八は、物陰に素早く隠れた。

着流しの若い浪人は、望月初枝に会釈をして小舟長屋を後にした。

望月初枝は見送った。

「じゃあ太市さん、あっしは……」

新八は、着流しの若い浪人を追った。

「うん。気を付けてな……」

太市は、望月初枝を見守った。

望月初枝は、哀し気な面持ちで佇んでいた。

博奕打ちの浅草聖天一家は、浅草寺の裏の北東にあった。

雲海坊は、聖天一家を見守った。

「雲海坊の兄貴……」

由松が駆け寄って来た。

「何か分かったかい……」

「ええ。聖天一家の三下に訊いたんですがね。二十歳半ばの背の高い浪人を鬼若の旦那と呼んだのは、壺振りの喜多八《きたはち》って父っつあんだそうですぜ」

「壺振りの喜多八……」

雲海坊は眉をひそめた。

「ええ。もう歳で指が震えるようになり、壺振りは止めて、今は橋場の賭場の手伝いをしているそうですぜ」

「橋場の賭場……」

「ええ。行ってみますか……」

「ああ……」

雲海坊と由松は、浅草橋場町に向かった。

浅草橋場町は、花川戸町や今戸町などの奥の隅田川沿いにあり、多くの寺があった。

聖天一家の賭場は、橋場の渡し場の近くの潰れた料理屋だった。

潰れた料理屋の賭場は、三下たちが開帳の仕度をしていた。

雲海坊と由松は、三下の一人に喜多八がいるかどうか尋ねた。

「ああ。喜多八の父っつあんならいますぜ」

「ちょいと呼んでくれねえかな……」

由松は、三下に小銭を握らせた。

「こいつはどうも、ちょいとお待ち下さい」

三下は、小銭を固く握り締めて潰れた料理屋に入って行った。

僅かな時が過ぎ、白髪《しらが》混じりの小さな髷《まげ》の年寄りが出て来た。

「やあ。喜多八さんかい……」

由松は笑い掛けた。

「え、ええ……」

喜多八は、由松と雲海坊に警戒する眼を向けた。

「うん。ちょいと訊きたい事があってね」

「何ですかい……」

「鬼若の旦那ってのは、誰なんだい……」

由松は、喜多八を見据えた。

「お前さんたちは……」

「ああ。俺たちは岡っ引の柳橋の幸吉の身内でね……」

「柳橋の……」

喜多八は、岡っ引の柳橋の幸吉を知っていた。

「どうだ。鬼若の旦那が誰なのか教えて貰えないかな」

雲海坊は、饅頭笠をあげて笑い掛けた。

「ああ。鬼若の旦那は、首斬り鬼と呼ばれた望月平蔵の倅だよ」

「首斬り鬼の望月平蔵の倅……」

雲海坊と由松は、思わず顔を見合わせた。

「うん。首斬り鬼の倅だから鬼若の旦那だよ」

喜多八は笑った。

「本名は何て云うんだい……」

由松は訊いた。

「確か望月恭之介《きょうのすけ》だったかな……」

喜多八は首を捻った。

「望月恭之介……」

「兄い。殺された遊び人の金治、首を斬られたのかい……」

喜多八は眉をひそめた。

「ああ、首の血脈を斬られたぜ」

「やっぱりな……」

「遊び人の金治、どうして斬り殺されたのか知っているのか……」

「兄い。鬼若の旦那は、始末屋の人斬りだぜ」

喜多八は苦笑した。

「人斬り……」

雲海坊と由松は緊張した。

三

神田川には猪牙舟《ちょきぶね》の櫓《ろ》の軋《きし》みが響いていた。

着流しの若い浪人は、神田川に架かっている昌平橋を渡った。

新八は、慎重に尾行た。

着流しの若い浪人は、神田明神門前町に進んだ。そして、黒板塀の廻された仕舞屋《しもたや》に入って行った。

新八は、辛うじて見届けた。

誰の家なのか……。

新八は、黒板塀の廻された仕舞屋を窺った。

黒板塀の廻された仕舞屋からは、微かに三味線の爪弾きが洩れていた。

隣の家から酒屋の手代が出て来た。

新八は呼び止めた。

「は、はい……」

酒屋の手代は、新八に怪訝な眼を向けた。

「此の家は誰の家かな……」

新八は、黒板塀の廻された仕舞屋を示した。

「ああ。此の家は、宗方道春《むなかたどうしゅん》さまって茶の湯のお師匠さんの別宅ですよ」

手代は苦笑した。

「茶の湯の師匠の宗方道春さまの別宅……」

新八は眉をひそめた。

「ええ。おつやさんってお妾《めかけ》の家ですよ」

「妾の家……」

「ええ。じゃあ……」

手代は、足早に立ち去って行った。

「造作を掛けたね」

新八は、手代に礼を云って黒板塀を廻した仕舞屋を眺めた。

着流しの若い浪人は、茶の湯の師匠の宗方道春の妾のおつやの家を訪れた。

宗方道春に逢いに来たのか……。

それとも他に用があるのか……。

そして、着流しの若い浪人は、宗方道春とどのような拘りなのだ……。

新八は、着流しの若い浪人が仕舞屋に何しに来たのか気になった。

「望月初枝の家に着流しの若い浪人が現れたか……」

久蔵は眉をひそめた。

「はい。既に新八が尾行ていましてね。望月初枝さんの家から出て行った着流しの若い浪人を追って行きました」

太市は報せた。

「そうか……」

おそらく、着流しの若い浪人は、久蔵を先に尾行した者なのだ。そして、遊び人の金治殺しを探索している柳橋の身内の新八が尾行ていた。

どうやら、二つの件は繋《つな》がりがあるようだ。

久蔵は読んだ。

「秋山さま……」

用部屋の庭先に小者がやって来た。

「どうした……」

「柳橋の親分さんと身内の方が……」

小者は告げた。

「おう。通って貰いな」

久蔵は告げた。

小者が返事をして戻り、幸吉と雲海坊が入って来た。

「秋山さま……」

幸吉と雲海坊は、庭先に控えた。

「おう。御苦労、何か分かったか……」

久蔵は、濡れ縁に下りた。

「着流しの若い浪人の素性が割れました」

幸吉は告げた。

「何処の誰だ……」

「雲海坊……」

幸吉は、雲海坊を促した。

「はい。望月恭之介と云う名の浪人です」

「望月恭之介……」

久蔵は眉をひそめた。

「はい。望月平蔵の倅です」

雲海坊は報せた。

「やはりな……」

久蔵は頷いた。

「で、望月恭之介は、博奕打ちの間では鬼若の旦那と呼ばれているそうです」

幸吉は告げた。

「首斬り鬼の倅の鬼若か……」

久蔵は睨んだ。

「恭之介の父親の平蔵は、秋山さまが……」

幸吉は、久蔵に尋ねた。

「うむ。十年前、旗本と博奕打ちが争いになり、望月平蔵は旗本の用心棒に雇われた。だが、旗本は博奕打ちに殺され、望月平蔵は博奕打ちの首の血脈を次々に刎ね斬り、首斬り鬼と恐れられ、俺が斬り棄てた」

久蔵は、望月平蔵が首斬り鬼と呼ばれた経緯《いきさつ》を教えた。

「その首斬り鬼の望月平蔵の倅が、鬼若の旦那の恭之介ですか……」

雲海坊は眉をひそめた。

「うむ。して恭之介、今何をしているのだ」

久蔵は尋ねた。

「そいつが、金で人殺しを請け負う始末屋の人斬りだそうです」

雲海坊は報せた。

「人斬り……」

久蔵は、緊張を滲ませた。

「それで今、由松が捜しています」

幸吉は告げた。

「柳橋の、望月恭之介は新八が尾行ている筈だぜ……」

久蔵は教えた。


陽は西に大きく傾いた。

柳橋の船宿『笹舟』の暖簾《のれん》は川風に揺れていた。

幸吉と雲海坊は、船宿『笹舟』に戻った。

「新八からの繋ぎ……」

幸吉は眉をひそめた。

「はい。神田明神門前町の木戸番が届けてくれました」

清吉は、幸吉に結び文を差し出した。

「親分……」

雲海坊は緊張した。

「うん……」

幸吉は、結び文を素早く解いて読んだ。

「雲海坊、着流しの若い浪人は、神田明神門前町の茶の湯の師匠の宗方道春の別宅だ」

幸吉は告げた。

「承知。行くよ、清吉……」

雲海坊は、船宿『笹舟』を出た。

清吉は続いた。

神田明神門前町は夕陽に染まった。

着流しの若い浪人は、黒板塀を廻した仕舞屋から出て来る事はなかった。

新八は、緊張した面持ちで黒板塀を廻した仕舞屋を見張り続けていた。

「新八……」

雲海坊と清吉が駆け付けて来た。

「雲海坊さん、清吉……」

新八は、微かな安堵を浮かべて張り詰めていた緊張を解いた。

「此の仕舞屋か……」

「はい。着流しの若い浪人、入ったままです」

新八は報せた。

「此の家、茶の湯の師匠の宗方道春の別宅だそうだな」

雲海坊は、黒板塀を廻した仕舞屋を眺めた。

「はい。おつやって妾を囲っています」

「成る程。よし、清吉、自身番に行って宗方道春の本宅が何処か訊き、どんな奴か詳しく調べて来てくれ」

「合点です。じゃあ……」

清吉は、自身番に駆け去った。

「雲海坊さん、着流しの若い浪人……」

「新八、奴の名は望月恭之介、始末屋として人斬りを生業にしているようだ」

雲海坊は教えた。

「始末屋……」

新八は驚き、身を竦めた。

「遊び人の金治も金で雇われて斬ったんだろうな」

雲海坊は睨んだ。

「でしたら、茶の湯の師匠の宗方道春も始末屋と何か拘りがあるのかも……」

新八は、黒板塀を廻した仕舞屋を窺った。

「ああ。そう思って清吉を走らせた」

「そうでしたか……」

夕陽は沈み、仕舞屋は大禍時の薄暗さに覆われた。

黒板塀の木戸が開いた。

雲海坊と新八は隠れた。

木戸から着流しの望月恭之介が現れ、辺りを鋭い眼差しで窺った。そして、辺りに不審がないと見定め、明神下の通りに向かった。

「雲海坊さん……」

「ああ。追うよ……」

雲海坊と新八は、望月恭之介を追った。

望月恭之介は、明神下の通りを不忍池に向かい、湯島天神裏門坂道を西に曲がった。

「男坂の下にある潰れた飲み屋に行くつもりかな」

新八は読んだ。

「潰れた飲み屋……」

「はい。殺された金治が食詰め浪人や遊び人と塒にしていた潰れた飲み屋で、勇次の兄貴が見張っています」

新八は、男坂に向かう望月恭之介の後ろ姿を見詰めて告げた。


湯島天神男坂下の潰れた飲み屋には明かりが灯され、男たちの酒に酔った笑い声が洩れていた。

勇次は、物陰から見張り続けていた。

着流しの侍がやって来た。

勇次は、物陰に潜んで見守った。

着流しの侍は、潰れた飲み屋の前に佇んで見詰めた。

まさか……。

勇次は喉を鳴らした。

着流しの侍は、潰れた飲み屋の裏手に入って行った。

勇次は、着流しの侍が何をするか見届けようとした。

「勇次の兄貴……」

新八と雲海坊が駆け寄って来た。

「新八、雲海坊さん……」

「勇次、望月恭之介は……」

雲海坊は訊いた。

「望月恭之介って着流しの侍ですか……」

「ああ。金治を斬った奴だ」

雲海坊は報せた。

刹那、潰れた飲み屋から男の悲鳴が上がった。

雲海坊、勇次、新八は物陰を出た。

大柄な浪人が刀を握り、潰れた飲み屋から飛び出して来た。

望月恭之介が追って現れた。

「おのれ……」

大柄な浪人は、顔を歪めて望月恭之介に猛然と斬り掛かった。

望月恭之介は刀を閃かせた。

大柄な浪人は、首の血脈を刎ね斬られ、血を振り撒いて倒れた。

雲海坊は、呼子笛を吹き鳴らした。

望月恭之介は、慌てて潰れた飲み屋の中に戻って行った。

勇次と新八は、追って潰れた飲み屋に駆け込もうとした。

「待ちな……」

雲海坊は止めた。

「雲海坊さん……」

「相手は人斬りを生業にしている始末屋だ。俺たちじゃあ太刀打ち出来ない。落ち着け」

雲海坊は、勇次と新八を押し止めて潰れた飲み屋の中を窺った。

潰れた飲み屋の中には、酒と血の臭いが満ちていた。

雲海坊、勇次、新八は、潰れた飲み屋に油断なく踏み込んだ。

二人の食詰め浪人と遊び人が、血に塗れて斃れていた。

雲海坊は駆け寄った。

勇次と新八は、潰れた飲み屋の中を調べた。

潰れた飲み屋には誰もいなく、望月恭之介は既に裏手から逃げ去っていた。

「望月恭之介、裏から逃げたようです」

勇次は、死体を検《あらた》めていた雲海坊に告げた。

「そうか。仏さん、揃って首の血脈を刎ね斬られて殺されているぜ」

雲海坊は、手を合わせて経を読み始めた。


望月恭之介は、始末屋の人斬りとして潰れた飲み屋を塒にしていた金治や食詰め浪人たちを斬り殺した。

おそらく、金治や食詰め浪人たちに苦しめられた者に頼まれての所業なのだ。

和馬と幸吉は睨み、勇次と新八に望月恭之介の足取りを追わせた。そして、雲海坊に黒板塀を廻した妾のおつやの家を見張らせた。


由松は、下谷界隈の家作のある寺を訪ね歩き、望月恭之介の塒を探した。

茶の湯の師匠宗方道春は、浜町堀《はまちょうぼり》は高砂町《たかさごちょう》に老妻と暮らす本宅があった。

幸吉と清吉は、宗方道春の人柄や身辺、過去を調べ始めた。

西堀留川の流れは緩やかだった。

太市は、小舟長屋に住んでいる望月初枝を見張り続けていた。

塗笠を被った着流しの武士が、西堀留川に架かっている中ノ橋を渡って来た。

旦那さまだ……。

太市は、塗笠を被った着流しの武士が久蔵だと気が付いた。

久蔵は、中ノ橋を渡って小舟町に進み、小舟長屋の前に立ち止まった。

「旦那さま……」

太市は、久蔵に近付いた。

「御苦労だな。此処か……」

久蔵は、目深に被った塗笠をあげて小舟長屋を眺めた。

「はい、奥の家です」

太市は告げた。

その時、小舟長屋の奥の家の腰高障子が開いた。

久蔵と太市は、物陰に素早く隠れた。

腰高障子の開いた家から、望月初枝が風呂敷包みを抱えて出て来た。

「望月初枝さんです」

「うむ……」

久蔵と太市は見守った。

望月初枝は、風呂敷包みを抱えて小舟長屋を出て中ノ橋を渡り、浮世小路に進んだ。

「よし、追うよ」

「じゃあ、手前が先に……」

太市は、望月初枝を追った。

久蔵は続いた。

日本橋の通りにはお店が軒を連ね、多くの人々が行き交っていた。

望月初枝は、風呂敷包みを抱えて通りを日本橋に向かった。

太市は追い、久蔵が続いた。

初枝は日本橋を南に渡り、通《とおり》南三丁目にある呉服屋『京丸屋《きょうまるや》』の暖簾を潜った。

太市は見届けた。

「呉服屋京丸屋か……」

久蔵が背後に現れ、呉服屋『京丸屋』を眺めた。

「はい。出来上がった組紐や飾り結びを納めに来たのかもしれません」

太市は読んだ。

組紐や飾り結びは、羽織や被布《ひふ》などに遣われる。

「うむ……」

久蔵は頷いた。

望月初枝は、十年前に夫の望月平蔵を亡くして以来、倅の恭之介を抱えて組紐や飾り結び作りを生業にして生きて来たのだ。

久蔵は、望月初枝の苦労を推し量った。

僅かな刻が過ぎた。

「旦那さま……」

太市は、呉服屋『京丸屋』から出て来た初枝を示した。

初枝は、風呂敷包みを持っていなかった。

太市の読み通り、風呂敷包みには出来上がった組紐や飾り結びがあり、呉服屋『京丸屋』に納めたのだ。

初枝は、日本橋の通りを北にある日本橋に足早に向かった。

久蔵と太市は尾行た。

望月初枝は、日本橋の通りから神田八つ小路に出て神田川に架かる昌平橋を渡り、明神下の通りを不忍池に向かった。

「此のまま行けば不忍池ですが、何処に行くんですかね」

太市は首を捻った。

「倅の望月恭之介は、下谷の寺の家作にいるそうだ……」

久蔵は告げた。

「じゃあ、恭之介の処に……」

太市は眉をひそめた。

「かもしれぬ……」

久蔵は、足早に行く初枝の後ろ姿を見詰めて頷いた。

初枝は、倅の恭之介が始末屋の人斬りをしているのを知っているのだ。

母としてそれをどう思っているのか……。

久蔵は、初枝の胸の内を推し量った。

不忍池は煌めいていた。

望月初枝は、不忍池の畔を根津《ねづ》に向かった。

久蔵と太市は尾行た。

初枝は、不忍池の畔を進んで金沢藩江戸上屋敷と水戸藩江戸中屋敷の裏手にある寺の連なりに進んだ。そして、霊仙寺《れいせんじ》の裏門を入った。

「旦那さま……」

「うむ……」

久蔵と太市は、初枝の入った霊仙寺の裏門に走った。

霊仙寺の裏門を入ると墓地と庭があり、小さな家作があった。

望月初枝は、小さな家作の戸口を叩いていた。だが、小さな家作から返事はなく、初枝は庭先に廻った。

小さな家作は、雨戸が閉められていた。

「恭之介、母です。恭之介……」

初枝は、小声で小さな家作の中に呼び掛けた。だが、やはり返事はなかった。

恭之介はいない……。

初枝は見定め、哀し気に肩を落とした。

「恭之介はいないか……」

初枝は、久蔵の声に弾かれたように振り返った。

久蔵は、目深に被っていた塗笠を取った。

「あ、秋山さま……」

初枝は狼狽えた。

「望月平蔵が妻の初枝どのか……」

久蔵は念を押した。

「はい……」

「いつぞやは、私に用があったようだな」

久蔵は、初枝が後を尾行た事を云った。

「お気付きでしたか……」

「うむ。して、用とは倅の恭之介の事か……」

久蔵は、初枝を見詰めた。

「は、はい……」

初枝は、覚悟を決めたように頷いた。

「聞かせて貰おう」

久蔵は、初枝を促した。

四

不忍池には微風が吹き抜け、幾つもの小波が走っていた。

望月初枝は畔に佇み、小波の走る不忍池を眺めた。

「望月恭之介、十年前には一緒に暮らしていなかった筈だが……」

久蔵は尋ねた。

「はい。十四歳だった恭之介は、赤坂にある無外流《むがいりゅう》の剣術道場に住み込みの修行をしていました」

「無外流……」

「はい。無外流は平蔵が修めた剣でして、恭之介にも学ばせていたのです」

初枝は告げた。

「そうだったのか……」

久蔵は、望月平蔵と倅の恭之介が同じ太刀筋の剣を遣う理由を知った。

「はい。恭之介は父平蔵が旗本の用心棒となり、博奕打ちを何人も殺《あや》め、秋山さまに追われ、斬り棄てられたのを……」

「恨んでいるか……」

「はい。いつか必ず仇《かたき》を討つと……」

「やはりな……」

久蔵は、恭之介が後を尾行た理由を知った。

「ですが、平蔵と私は恨んではおりません……」

「恨んでいない……」

久蔵は、微かな戸惑いを浮かべた。

「はい。平蔵は秋山久蔵なら尋常の立ち合いをしてくれるだろうと……」

「望月平蔵はそう云っていたのか……」

「はい。その証に私の許に戻って来た平蔵の死に顔は微笑んでいました」

「微笑んでいた……」

久蔵は眉をひそめた。

「ええ。満足そうに。それは、秋山さまが平蔵と尋常の立ち合いをしてくださった証……」

初枝は、煌めく不忍池を眩しそうに眺めた。

「そうか……」

「秋山さま、恭之介は今、始末屋として人を斬り殺しています。如何に人を苦しめる悪人といえども人は人。殺めれば罪は免れませぬ。どうか、どうか恭之介を返り討ちにしてやって下さい」

初枝の不忍池を見詰める眼から涙が零《こぼ》れた。

久蔵は、望月初枝の恭之介の母としての哀しい胸の内を知った。

望月初枝は、重い足取りで日本橋小舟町に帰って行った。

「太市、無事に帰るか見届けてくれ」

久蔵は命じた。

「心得ました」

太市は、初枝の後を追った。

久蔵は見送り、望月恭之介が借りている家作のある霊仙寺に戻った。

霊仙寺からは住職の読む経が響いていた。

久蔵は、裏門を入った。

小さな家作を窺う男がいた。

久蔵は、木陰から見守った。

男は小さな家作に誰もいないと見定め、吐息を洩らして振り返った。

由松だった。

「由松……」

久蔵は、木陰を出た。

「秋山さま……」

由松は戸惑った。

「望月恭之介は未だ戻っていないようだな」

「じゃあ、やっぱり此処が……」

由松は、小さな家作を振り返った。

「うむ。恭之介の借りている家作だ」

「そうですか……」

由松は、下谷の家作のある寺を訪ね歩いて漸《よう》く辿り着いた。

「よし。此処は私が見張る。由松は和馬と柳橋に報せてくれ」

「心得ました。じゃあ……」

由松は駆け去った。

久蔵は、傍の墓地に入って小さな家作を見張った。

墓地は線香の匂いに満ちていた。


幸吉と清吉は、茶の湯の師匠の宗方道春を洗い続けた。

宗方道春は、五十歳過ぎの十徳《じっとく》を着た恰幅《かっぷく》の良い男だった。

幸吉と清吉は、宗方道春の昔を調べた。

宗方道春は、旗本や大店を訪れて茶の湯の教授をする出稽古《でげいこ》を専《もっぱ》らとしていた。

しかし、それも此処数年の事であり、それ以前の事は一切何も分らなかった。

「昔の事がはっきり分からないか……」

幸吉は眉をひそめた。

「ええ。何か怪しいですね……」

清吉は頷いた。

宗方道春は、恰幅の良さや風貌《ふうぼう》から穏やかな人柄を思わせた。だが、道春は時々、眼を針のように細め、他人を蔑み侮《あなど》るような視線を向けると囁かれていた。

得体の知れぬ男……。

そして、妾のおつやの住む家には、始末屋の人斬りの望月恭之介が出入りしている。

茶の湯の師匠の宗方道春は、始末屋の元締めなのかもしれない。

幸吉は、由松の報せを受けて勇次と新八を和馬の許に走らせた。

和馬は、由松、勇次、新八と下谷の霊仙寺に急いだ。

幸吉は、清吉と宗方道春を調べ続けた。


下谷霊仙寺の小さな家作には、由松に誘《いざな》われて和馬、勇次、新八が駆け付けて来た。

「やあ。御苦労だな……」

久蔵は、墓地から現れた。

「秋山さま……」

「望月初枝を尾行たら此処に来てね。訊くと恭之介が借りている家作だった」

久蔵は、小さな笑みを浮かべた。

「そうでしたか……」

和馬は頷いた。

「それで秋山さま、恭之介は……」

由松は訊いた。

「未だ戻っていない……」

「そうですか、じゃあ和馬の旦那……」

「うん。手分けして見張りに就いてくれ」

和馬は命じた。

「承知。じゃあ、勇次……」

由松は、勇次に指図を任せた。

「はい。由松さんは霊仙寺の境内と墓地の間の木戸、新八と俺は此の裏門を……」

「よし。じゃあ……」

由松は、境内に続く木戸に向かった。

勇次と新八は、裏門の傍の木陰に潜んだ。

「和馬……」

久蔵は、和馬を促して不忍池の畔に向かった。

和馬は続いた。

久蔵と和馬は、不忍池の畔に佇んだ。

「秋山さま、何か……」

和馬は、久蔵に怪訝な眼を向けた。

「望月恭之介は、十年前、俺が斬り棄てた望月平蔵の倅だ」

「やはり……」

「そして、俺を父親の仇と狙っている」

久蔵は苦笑した。

「逆恨みですか……」

「うむ……」

「その前にお縄にしてやりますよ」

「それなんだが、和馬……」

久蔵は眉をひそめた。

茶の湯の師匠の宗方道春は、神田鍋町《なべちょう》の米屋の主夫婦と娘に茶の湯の稽古をつけ、神田明神門前町の黒板塀を廻した妾のおつやの家を訪れた。

幸吉は見届けた。

「親分……」

雲海坊が現れた。

「おう。御苦労だな」

「望月恭之介、出入りしないぜ」

雲海坊は告げた。

「そうか……」

「清吉は……」

「うん。宗方道春、此処に来る前に神田鍋町の米屋に茶の湯の出稽古に行ってね」

「神田鍋町の米屋で茶の湯の出稽古……」

「うん。で、ちょいと気になってね。米屋の主夫婦と娘の事を調べさせている」

「気になったって、何が……」

雲海坊は眉をひそめた。

「米屋の奉公人が笑っていてね。旦那夫婦が何を血迷ったのか茶の湯を始めたと……」

「茶の湯をやるような夫婦じゃないか……」

雲海坊は読んだ。

「ああ。茶の湯の他に用があるのかも……」

幸吉は睨んだ。

「親分……」

清吉が駆け寄って来た。

「おう。早かったな。何か分かったか……」

幸吉は迎えた。

「はい。面白い噂を聞きました」

清吉は笑った。

「面白い噂……」

「はい。米屋の娘、旗本の倅に家の金を貢《みつ》がされた挙句、玩具《おもちゃ》にされて棄てられ、旦那が殺してやると怒り狂っているとか……」

清吉は告げた。

「成る程、その辺りかな……」

雲海坊は苦笑した。
「うん。で、始末屋に頼んだか……」
幸吉は、宗方道春の入った黒板塀の廻された仕舞屋を見据えた。
不忍池に夕陽は映えた。
霊仙寺の小さな家作に望月恭之介は戻らず、和馬、由松、勇次、新八は見張り続けた。
霊仙寺の小さな家作が突き止められたと気付き、逸早《いちはや》く姿を消したのかもしれない。
久蔵は、不忍池の畔に佇んで夕陽に煌めく水面を眺めていた。
着流しの侍が、煌めきの向こうの畔をやって来た。
油断のない足取り……。
久蔵は、着流しの侍を見詰めた。
着流しの侍は、久蔵の視線に気が付いたのか立ち止まった。そして、久蔵を見返した。
望月恭之介……。

久蔵は、着流しの侍が望月恭之介だと気が付いた。
おそらく、恭之介も私が何者か気が付いた筈だ。
逃げるか……。
久蔵は、恭之介を見据えた。
恭之介は逃げなかった。
逃げず、久蔵に向かって歩き始めた。
仇討ちか……。
久蔵は、恭之介に向かって歩き始めた。
恭之介の全身に殺気が漲った。
討たれる訳にはいかない……。
どうやら、望月初枝の望んだ通りにするしかないのだ。
久蔵は苦笑した。
恭之介の足取りは変わらなかった。
迷いも躊躇いも怯えもない……。
恭之介は、久蔵に殺気を放ちながら近付いて来た。
久蔵は、恭之介を見据えた。

刹那、恭之介は地を蹴って刀を抜き放った。
閃光が走った。
久蔵は飛び退いた。
恭之介は、大きく踏み込んで刀を閃かせた。
久蔵は躱した。
恭之介は、追って踏み込もうとした。
久蔵は、抜き打ちの一刀を放った。
恭之介は、咄嗟に大きく跳び退いた。
久蔵は刀を構えた。
「望月恭之介、遊び人の金治たちを殺した罪でお縄にする。神妙にしな」
久蔵は告げた。
「秋山久蔵、父望月平蔵の無念を晴らす」
恭之介は、久蔵を見据えて声を微かに昂《たかぶ》らせ、鋭く斬り掛かった。
久蔵は応じた。
刃が嚙み合い、火花が散った。
久蔵と恭之介は、鋭く斬り結んだ。

草が千切れ、砂利が飛んだ。

久蔵は飛び退いた。

太刀筋は同じだ……。

久蔵は、十年前に立ち合った望月平蔵の太刀筋を思い出した。

「どうした、臆したか……」

恭之介は怒鳴った。

「違う……」

久蔵は、小さな笑みを浮かべた。

「違う……」

恭之介は、戸惑いを過らせた。

「恭之介、ひとつ云って置く……」

「何だ……」

「十年前、私は望月平蔵を斬った。だが、それは心形刀流《しんぎょうとうりゅう》の秋山久蔵と無外流の望月平蔵の尋常の立ち合い……」

「尋常の立ち合い……」

「左様……」

「黙れ……」
恭之介は、久蔵の言葉を遮り、地を蹴って鋭く斬り掛かった。
久蔵は踏み込んだ。
恭之介は戸惑った。
一瞬の戸惑いは、恭之介の太刀筋を僅かに狂わせた。
刹那、久蔵は横薙ぎの一刀を放った。
閃きが瞬いた。
恭之介は凍て付いた。
久蔵は、残心の構えを取った。
恭之介の胸元が斜に斬り上げられ、血がゆっくりと滲み始めた。
「あ、秋山久蔵……」
恭之介は、久蔵を見据えて前のめりにゆっくりと倒れた。
久蔵は、倒れた恭之介を窺った。
恭之介は絶命していた。
「望月恭之介……」
久蔵は、刀に拭いを掛けて鞘に納め、恭之介の遺体に手を合わせた。

微かに笑っているのか……。

久蔵は、恭之介の死に顔に浮かぶ微かな笑みを見定めようとした。

夕陽は沈み、青黒い闇が恭之介の顔を覆い隠した。


父親の望月平蔵の仇討ちに現れた恭之介を返り討ちにした……。

久蔵は、望月恭之介を始末屋の人斬りとしてではなく、仇討ちに現れた者として公儀に届けた。そして、その遺体を母親の初枝の許に返した。

望月初枝は、自分の願いを叶えられ、久蔵に感謝した。


茶の湯の師匠の宗方道春は、金で人殺しを請け負う始末屋の元締めかもしれない……。

だが、確かな証拠はない。

久蔵は、和馬と幸吉に命じて神田鍋町の米屋の主夫婦を南町奉行所に呼んだ。

米屋の主夫婦は、久蔵の前に引き据えられて恐れ戦《おのの》いた。

宗方道春に人殺しを頼んだ事を白状するのに刻は掛からない。

久蔵は苦笑した。

宗方道春は、米屋の主夫婦が久蔵に呼ばれたと知り、逸早く江戸から逃げようとした。だが、既に雲海坊、由松、勇次、新八、清吉が張り付いていた。

「まんまと引っ掛かったか……」

久蔵は、宗方道春を捕縛するように和馬に命じた。

和馬は、幸吉たちと宗方道春の捕縛に向かった。

宗方道春は抗った。

江戸から逃げ、抗う事こそが始末屋の元締めである確かな証なのだ。

和馬と幸吉は、宗方道春を捕らえて久蔵の前に引き立てた。

宗方道春は、己を始末屋の元締めだと認めなかった。

久蔵は容赦せず、宗方道春を厳しく責めた。

宗方道春は、厳しく責められて己が始末屋の元締めだと認めた。

久蔵は、宗方道春を死罪に処した。

人斬り事件は終わった。

「旦那さま……」

久蔵の用部屋に太市が訪れた。

「おう。望月初枝、変わりはなかったか……」

久蔵は、十日に一度、太市に望月初枝の様子を見に行かせていた。

如何に罪人でも我が子の死を願った事を悔やみ、自害するかもしれない。

久蔵は心配した。

「それが、望月初枝さん、五日前に小舟長屋から立ち退いていました」

「立ち退いていた……」

久蔵は眉をひそめた。

「はい。それで小舟長屋の家主さんに訊いたんですが、望月初枝さん、髪を下ろして尼寺に入ったそうです」

太市は告げた。

「尼寺に……」

「はい……」

望月初枝は、尼となって亡き夫と倅の菩提を弔うのだろう。

「そうか……」

此れで良い……。

久蔵は微笑んだ。

第三話

雨宿り

一

晴れていた空に急に雨雲が広がった。

今にも降り出しそうだ……。

昌平坂の学問所帰りの秋山大助は、書籍を与平の持たせてくれた油紙に包み、風呂敷包にして腰に結んで八丁堀に急いだ。

神田川に架かる昌平橋を渡り、神田八つ小路を足早に神田須田町の通りに進んだ。

神田須田町の通りは日本橋に続き、行き交う人々が多くて賑わっていた。

大助は、賑わいで歩き難《にく》い日本橋の通りを嫌い、東隣の通りに曲がった。

東隣の通りは日本橋の通りと並行し、西堀留川に架かる雲母橋《きらずばし》を抜け、日本橋川の傍の本船町《ほんふなちょう》に出る。

通りには行き交う人々が少なく、大助は足早に進んだ。

神田堀を渡って西堀留川に差し掛かった時、空は一気に暗くなって雨が降り始めた。

おのれ……。

大助は走った。

降り出した雨は、次第に強くなり始めた。

大助が西堀留川に架かっている雲母橋を渡った時、雨は本降りになった。

此れ迄だ……。

大助は、雲母橋の傍の瀬戸物町の辻にある閻魔堂《えんまどう》に走った。

閻魔堂の軒下には先客がいた。

「仲間に入れて貰います」

大助は、雨宿りをしている粋な形の年増に声を掛けて閻魔堂の軒下に入った。

「どうぞ……」

粋な形の年増は、小さな笑みを浮かべて大助に会釈をした。

大助は、手拭いで濡れた顔や着物を拭いて恨めし気に空を見上げた。

「通り雨か……」

大助は呟き、粋な形の年増と閻魔堂の軒下で雨宿りを始めた。

雨は降り続いた。

通りには、傘を差した人々が行き交った。

大助と粋な形の年増は、雨宿りを続けた。

派手な半纏を着た男が二人、傘を差して西堀留川に架かっている雲母橋を渡って来た。

「あっ……」

粋な形の年増は、緊張した声を洩らした。

うん……。

大助は、粋な形の年増を見た。

粋な形の年増は、慌てて大助の陰に隠れようとした。

派手な半纏を着た二人の男が、粋な形の年増に気が付いて閻魔堂に走った。

雨は降り続いた。

「な、なんだ……」

大助は、雨水を跳ね上げて駆け寄って来る二人の派手な半纏の男に戸惑った。

「おしま、御隠居さまがお呼びなのにどうして来ないんだ」

派手な半纏を着た男の一人は、傍にいる大助に構わずに凄んだ。

「呼ばれて行く義理、別にありませんからね」

おしまと呼ばれた粋な形の年増は、厳しく撥ね付けた。

「何だと。侍の餓鬼が一緒だと強気だな」

痩せた半纏の男は、大助を一瞥して侮りの笑みを浮かべた。

「此のお侍さんは拘りありませんよ」

おしまは、大助に詫びるように頭を下げた。

「じゃあ、おしま、御隠居さまがお待ちかねだぜ」

派手な半纏を着た男たちは、おしまの肩を摑んで連れて行こうとした。

雨は降り続いた。

「何するの、離して……」

おしまは、身を捩《よじ》って抗った。

「煩せえ。黙って一緒に来な……」

瘦せた半纏を着た男は、抗うおしまの肩を尚も引いた。

刹那、大助はおしまの肩を摑む瘦せた半纏を着た男の腕に手刀を鋭く打ち込んだ。

瘦せた半纏を着た男は、激痛に腕を抱えて倒れ込んだ。

水溜まりの水が飛び散った。

大助は、戸惑うおしまを後ろ手に庇って進み出た。

「くそっ……」

派手な半纏を着た男は、大助に猛然と殴り掛かった。

大助は躱し、半纏を着た男たちの落とした番傘を拾って一振りした。

番傘は激しく鳴った。

派手な半纏の男たちは打ち据えられた。

「何が侍の餓鬼だ。無礼者……」

大助は一喝し、容赦なく叩きのめした。

派手な半纏を着た男たちは頭を抱え、悲鳴を上げて雨の中を逃げた。

「馬鹿野郎……」

大助は、破け骨のばらばらになった番傘を投げ付けた。

派手な半纏を着た男たちは逃げ去った。

「大丈夫ですか……」

大助は振り返った。

えっ……。

粋な形の年増のおしまは、既に立ち去っていた。

大助は吐息を洩らし、ずぶ濡れになった五体を震わせて大きなくしゃみをした。

雨は降り続いた。


雨は、大助が八丁堀岡崎町の秋山屋敷に帰り着いた時に止んだ。

大助は、勝手口の前の井戸端で濡れた着物を脱いだ。

「此れは此れは大助さま。雨宿りしてくれれば良かったのに……」

老下男の与平は、ずぶ濡れになって帰って来た大助に驚き、同情した。

「う、うん……」

大助は、どうしてずぶ濡れになったのか云わなかった。

「さあさあ、身体を拭いてあげますよ……」

与平は、下帯一本になった大助の背中を乾いた手拭いで拭き始めた。

「与平の爺ちゃん……」

「あっ、痛かったですか、大助さま……」

与平は慌てた。

「う、うん……」

大助は、曖昧《あいまい》に頷いた。

「兄上、浴衣《ゆかた》ですよ」

妹の小春が浴衣を持って来た。

「うん。与平の爺ちゃん、助かった。もう大丈夫だよ……」

大助は、与平に笑い掛けて浴衣を纏《まと》った。

「そいつは良かった……」

与平は笑い、大助の脱ぎ棄てた濡れた着物を片付け始めた。

大助は洟《はな》を啜った。

「あら、風邪ひいた……」

小春は眉をひそめた。

「馬鹿。与平の爺ちゃん、力が無くなったんだよ」

大助は、小春に怒ったように云い、勝手口から屋敷に入った。

小春は、与平の老いを実感して哀しんだ。

小春は、兄大助の気持ちを知った。

与平は、井戸端で大助の濡れた着物を片付けていた。

「与平の爺ちゃん、手伝います」

小春は、与平に駆け寄った。

「こりゃあ、小春さま……」

与平は喜んだ。

雨を降らせた雲は消え去り、西の空は夕陽に染まった。

南町奉行所定町廻り同心の神崎和馬は、迎えに来た下っ引の勇次と瀬戸物町の閻魔堂に急いだ。

瀬戸物町の閻魔堂は、自身番の者や木戸番によって警備されていた。

和馬は、自身番の者や木戸番に迎えられて閻魔堂の横手に入った。

「御苦労さまです」

岡っ引の柳橋の幸吉が迎えた。

「やあ。柳橋の。仏さんは……」

「こっちです……」

幸吉は、閻魔堂の裏手に和馬を誘った。

閻魔堂の裏手には、派手な半纏を着た男が斃れていた。

「腹を刺されて殺されています」

幸吉は報せた。

「腹か……」

和馬は、派手な半纏を着た男の死体を検めた。

派手な半纏を着た男は、腹を一突きにされて死んでいた。

「身許は……」

「遊び人の粂吉《くめきち》、高利貸しの取り立て屋やお店の旦那の使い走りをしている奴だ
そうです」

幸吉は、既に仏の身許を突き止めていた。

「取り立て屋に使い走りか……」

「ええ……」

「塒は……」

「小網町《こあみちょう》のお稲荷長屋ですが、殺しと拘るような物は何もありませんでした」

「そうか。して、誰かと揉めていたのかな」

「そいつが昨日の昼過ぎ、此処で前髪の侍と揉めていたそうですぜ」

幸吉は告げた。

「昨日の昼過ぎ、前髪の侍と……」

和馬は眉をひそめた。

「ええ。雨が降る中で、前髪の侍に派手にやられていたとか……」

「へえ。前髪の侍、やるもんだな」

和馬は苦笑した。

「ま、前髪の侍と揉めたのは昼間、刺されたのは血の乾き具合から見て夜。拘りはないのかもしれませんが、一応、何処の誰か由松が追っています」

「そうか……」

「で、今、新八と清吉が事件や不審な者を見た者がいないか聞き込みを掛けています」

「よし。じゃあ、殺された粂吉が今、恨まれるような事をしていたかどうかだな」

「はい。粂吉の仲間に定五郎《さだごろう》って遊び人がいるそうでしてね。先ずはそいつに逢ってみるつもりです」

「よし。俺も一緒に行くぜ」

和馬は決めた。

町人とは云え喧嘩慣れをしている二人の遊び人を叩きのめした前髪の侍……。

前髪となれば、元服前の十五、六歳の若侍と云う事になる。

由松は読み、凄腕と噂の前髪の侍の割り出しを急いだ。

瀬戸物町界隈は町方の地であり、旗本御家人の住む武家地はなかった。

近い武家地は浜町堀一帯と日本橋川を越えた八丁堀一帯だ。

前髪の侍は、そのどちらかの武家地にある屋敷に住む者か、あるいは町方の地に住む浪人の倅なのだ。

由松は、土地の者たちに腕の立つ前髪の侍を知らないか尋ね歩いた。

腕の立つ前髪の侍は、容易に浮かばなかった。

由松は訊き歩いた。

和馬、幸吉、勇次は、東堀留川に架かる親父橋《おやじばし》の袂にある一膳飯屋を訪れた。

一膳飯屋の裏の家作に、殺された粂吉の仲間の遊び人の定五郎は暮らしていた。

定五郎は、狭い家作で粗末な蒲団に包《くる》まって鼾《いびき》を掻いていた。

「おう。定五郎……」

勇次は、定五郎の蒲団を剝《は》ぎ取った。

「何しやがる……」

定五郎は、寝惚《ねぼ》け眼で跳び起きた。

「南町奉行所の神崎の旦那と柳橋の親分だ。静かにしな」

勇次は、十手を突き付けた。

「南町の神崎の旦那と柳橋の親分さん……」

定五郎は、怯えを滲ませた。

「定五郎、お前、遊び人の粂吉と連んでいるな……」

幸吉は笑い掛けた。

「は、はい……」

定五郎は頷いた。

「今、二人で何をしているんだ」

「そ、それは……」

定五郎は躊躇った。

刹那、和馬が定五郎を張り飛ばした。

定五郎は悲鳴をあげた。

「定五郎、叩けば埃《ほこり》の立つ身体、嘗めた真似をすると、処払いに島流し、何なら獄門。選《よ》り取り見取りだぜ」

和馬は告げた。

「そんな……」

定五郎は、嗄れ声を引き攣らせた。

「だったら素直に答えるんだな……」

幸吉は、冷たく見据えた。

「は、はい。粂吉とあっしは今、神田鍋町の薬種問屋秀峰堂《しゅうほうどう》の御隠居、文左衛門《ぶんざえもん》さまに雇われています」

「雇われて何をしているんだ」

「お出掛けのお供や使い走りを……」

「で、昨日、瀬戸物町の閻魔堂で前髪の侍と揉めて叩きのめされたのか……」

幸吉は苦笑した。

「は、はい……」

定五郎は、腹立たし気に頷いた。

「何で揉めたんだ……」

「文左衛門さまに云われて人形町に住んでいるおしまって三味線の師匠を迎えに行って……」

「おしまって三味線の師匠……」

「はい。ですが、おしまに断られて揉めている時、隣で雨宿りしていた前髪の侍が……」

「止めに入って喧嘩になり、叩きのめされたのだな……」

和馬は苦笑した。

「はい。前髪の餓鬼だと思ったんですが、中々の凄腕でして……」

「で、その前髪の侍、何処の誰か知っているのか……」

「さあ。知りません……」

「そうか。処で定五郎、昨夜、粂吉とは何時に何処で別れたんだ」

「はい。昨夜、居酒屋で酒を飲んで戌《いぬ》の刻五つ（午後八時）に別れました」

「そうか……」

「旦那、親分。粂吉がどうかしたんですか……」

定五郎は、戸惑いを浮かべた。

「昨夜、瀬戸物町の閻魔堂で殺されたよ」

和馬は、定五郎を見据えて伝えた。

「殺された……」

定五郎は驚き、言葉を失って眼を剝《む》いた。

「ああ。定五郎、粂吉を殺したい程、恨んでいたって奴、知らないかな……」

「さあ……」

定五郎は、嗄れ声を激しく震わせた。

「定五郎、粂吉を恨んでいる奴、本当に知らないんですかね」

勇次は首を捻った。

「さあて、気が付かなかったって事もあるしな。ま、暫く張り付いてみな」

幸吉は命じた。

「合点です。じゃあ……」

勇次は頷き、一膳飯屋の裏に駆け去った。

「で、どうします、和馬の旦那……」

「うん。一度南町奉行所に戻って秋山さまに報せるか……」

「そうですか。じゃあ、あっしは薬種問屋秀峰堂の隠居の文左衛門を洗ってみますよ」

幸吉は告げた。

「そうか。じゃあな……」

和馬は、南町奉行所に向かった。

幸吉は神田鍋町の薬種問屋『秀峰堂』に向かった。


新八と清吉は、聞き込みを続けた。

だが、事件や不審者を見た者を見付ける事は出来なかった。

浜町堀界隈の武家地には、大名家の中屋敷や下屋敷が多かった。

元服前の前髪の侍はおそらくいない……。

由松は読んだ。

よし……。

由松は、日本橋川に架かっている江戸橋に進んだ。

江戸橋を渡り、楓川に架かる海賊橋《かいぞくばし》を越えると八丁堀に続いている。

由松は、八丁堀の組屋敷街に向かった。

元服前の前髪の侍は、おそらく八丁堀の組屋敷にいる筈なのだ。

由松は急いだ。


「遊び人の粂吉か……」

久蔵は眉をひそめた。

「ええ。今、柳橋が、薬種問屋秀峰堂の隠居文左衛門を調べています」

和馬は、久蔵に粂吉殺しを報せた。

「うむ。文左衛門に命じられた事をして殺されたかもしれないか……」

久蔵は読んだ。

「はい。昨日の昼過ぎ、文左衛門に命じられておしまと云う三味線の師匠を呼びに行って断られ、隣にいた前髪の侍と揉め、仲間の定五郎と派手に叩きのめされたそうですよ」

和馬は告げた。

「前髪の侍……」

久蔵は訊き返した。

「はい。町人とは云え、二人の遊び人を叩きのめした中々の凄腕ですよ」

和馬は苦笑した。

「うむ……」

久蔵は頷いた。

「ひょっとしたら粂吉、昼間叩きのめされた前髪と夜、又逢って揉めたのかも……」

和馬は睨んだ。

「うむ。そして、今度は殺されたか……」

「はい。違いますかね」

和馬は、身を乗り出した。

「ま、前髪の侍を早々に捜し出すんだな」

久蔵は命じた。

八丁堀の組屋敷街には、物売りの声が長閑《のどか》に響いていた。
由松は、八丁堀の組屋敷街を眺めた。
八丁堀の組屋敷に住んでいる元服前の前髪の侍……。
由松には、一人だけ心当たりがあった。
秋山大助さま……。
大助さまも元服前の前髪であり、同じ年頃の者を詳しく知っているかもしれない。
訊いてみるか……。
由松は、八丁堀岡崎町の秋山屋敷に向かった。
秋山屋敷は表門を開け、太市が掃除をしていた。
「やあ。太市……」
由松がやって来た。
「こりゃあ、由松の兄貴……」
太市は、掃除の手を止めて由松を迎えた。

「お屋敷に変わりはないかい……」

由松は、表門内を窺った。

「ええ。何か……」

太市は、由松の態度に戸惑った。

「うん。大助さま、おいでになるかい」

「大助さま……」

「ああ……」

「大助さまなら学問所ですよ」

太市は、怪訝な面持ちで由松に告げた。

「そうか、学問所か……」

「ええ……」

「太市、大助さま、昨日も学問所に行っていたのかい……」

由松は、或る事に気が付いた。

「ええ。帰りに雨に遭い、ずぶ濡れになって帰って来ましたよ」

太市は苦笑した。

「ずぶ濡れになって……」

由松は眉をひそめた。

「ええ。帰って来た時、雨はあがりましてね。大助さまもついていませんよ」

「そうか……」

「で、大助さまに何か……」

「うん。大助さまの知り合いに、元服前の前髪で腕の立つ人はいないかな」

「元服前の前髪で腕の立つ知り合いですか……」

「ああ。知らないかな……」

「大助さまの知り合いに、腕の立つ元服前の前髪はいませんよ」

「いない……」

「ええ。腕の立つ元服前の前髪、此の界隈じゃあ大助さまが一番、他にはいませんよ」

太市は笑った。

「やはり、大助さまか……」

由松は頷いた。

大助は、父親の久蔵に心形刀流と捕縛術《ほばくじゅつ》を叩き込まれており、捕り物にも加わって場数も踏んでいる。遊び人の粂吉と定五郎を叩きのめすのは造作もない筈だ。

腕の立つ元服前の前髪は大助なのだ……。
由松は思わず苦笑した。

二

日本橋に続く神田須田町の通りは、賑わっていた。
学問所帰りの大助は、昨日と同じ東隣の通りを日本橋川に向かった。
神田堀を越え、西堀留川に差し掛かった。
西堀留川に架かっている雲母橋の向こうには、閻魔堂が見えた。
大助は、閻魔堂を眺めた。
閻魔堂には参拝する者もいなく、ひっそりとしていた。
粋な形の年増、おしまはいない……。
大助は、おしまがいるのを期待していた自分に気が付いた。
昨日、おしまは通り雨に遭い、偶々《たまたま》雨宿りをしていただけなのだ。
雨の降っていない今日、いる筈はないのだ。
大助は苦笑し、西堀留川に架かっている雲母橋に向かおうとした。

その時、室町からの通りを背の高い浪人と粋な形の年増がやって来た。

うん……。

大助は、物陰から浪人と粋な形の年増を見守った。

おしま……。

粋な形の年増は、おしまだった。

おしまと浪人は、雲母橋の袂を人形町に向かって行った。

どうする……。

大助は迷った。

だが、迷いは一瞬だった。

大助は、おしまと浪人の後を尾行た。


神田鍋町の薬種問屋『秀峰堂』は繁盛していた。

幸吉は、神田鍋町の自身番を訪れた。

「秀峰堂の御隠居の文左衛門さまですか……」

自身番の店番は、戸惑いを浮かべた。

「ええ。どんなお人かな……」

幸吉は尋ねた。

「そりゃあ、一代で秀峰堂をあれ程の身代の薬種問屋にしたんですからね。商売熱心の遣り手でしたよ」

「へえ、一代であそこ迄ねえ……」

幸吉は感心した。

「ええ。金蔵にはいつでも千両箱があるとか、凄いもんですよ」

店番は苦笑した。

「千両箱ですかい……」

「ええ……」

「で、文左衛門さま、隠居したんですかい」

「ええ。秀峰堂を倅の文兵衛《ぶんべえ》さんに譲りましてね。それからは一気に弾けて、道楽三昧《ざんまい》の隠居暮らし。近頃は遊び人をお供に女遊びや賭場にも出入りしていると か……」

店番は眉をひそめた。

お供の遊び人は、粂吉に定五郎なのだ。

幸吉は知った。

「女遊びに賭場通いですかい……」

「ええ。近頃は三味線のお師匠さんに入れあげているとか……」

店番は声をひそめた。

「三味線のお師匠さん……」

遊び人の定五郎の云っていた人形町のおしまの事だ。

幸吉は気が付いた。

「ま、噂ですがね……」

店番は笑った。

「そうですかい……」

何れにしろ、薬種問屋『秀峰堂』の文左衛門は、旦那の時は商売熱心だったが、隠居になった途端に箍《たが》が外れたようになった。

幸吉は知った。

親父橋の袂の一膳飯屋に客は少なかった。

勇次は見張った。

一膳飯屋の裏手から遊び人の定五郎が現れ、日本橋の通りに向かった。

漸く動く……。

勇次は追った。


西堀留川から東堀留川の脇を抜け、おしまと背の高い浪人は人形町に進んだ。

大助は尾行た。

おしまと浪人は、長谷川町の外れの仕舞屋に入った。

仕舞屋の戸口には、〝三味線教授〟の看板が掛けられていた。

大助は見届けた。

仕舞屋はおしまの家なのか……。

浪人とはどんな拘りなのか……。

大助は思いを巡らせた。


薬種問屋『秀峰堂』の奥座敷は、日本橋の通りにあるとは思えぬ程に静かだった。

「やあ。隠居の文左衛門です……」

隠居の文左衛門は、訪れた幸吉と奥座敷で向かい合った。

「急に伺って申し訳ありません。手前はお上の御用を承っている柳橋の幸吉と申します」

幸吉は自己紹介をした。

「柳橋の親分さん。で、御用とは……」

文左衛門は、福々しい顔に笑みを浮かべた。

「遊び人の粂吉、御存知ですね」

「ええ。粂吉が何か……」

「殺されましてね」

幸吉は、文左衛門を見詰めた。

「殺された……」

文左衛門は、眼を丸くして驚いた。

「ええ。瀬戸物町の閻魔堂の裏で……」

「そうですか、粂吉が殺されましたか……」

文左衛門は呆然《ぼうぜん》とした。

初めて知った……。

幸吉は、文左衛門が粂吉が殺されたのを知らなかったのを見定めた。

「それで御隠居さま、何か心当たりはありませんか……」

「心当たり……」

「ええ……」

「あ、ありません……」

文左衛門は、声を上擦らせた。

「そうですか。心当たり、ありませんか……」

「はい……」

「じゃあ今、御隠居さまは粂吉に何をさせていたんですか……」

「そ、それは……」

文左衛門は言い淀《よど》んだ。

「何ですか……」

幸吉は、厳しく見据えた。

文左衛門は、三味線の師匠のおしまに一目惚れをし、口説いていた。

だが、おしまは文左衛門の口説きに乗って来る事はなかった。

文左衛門は、遊び人の粂吉と定五郎を使って誘い続けていた。

幸吉は、薬種問屋『秀峰堂』を眺めた。

遊び人の定五郎が足早にやって来た。

定五郎……。

幸吉は、物陰に入った。

定五郎は、薬種問屋『秀峰堂』の裏手に廻って行った。

追って来た勇次が見送った。

幸吉は、それとなく勇次を呼んだ。

勇次は、幸吉に気付いてやって来た。

「定五郎、真っ直ぐ秀峰堂に来たのか……」

「はい。で、秀峰堂の御隠居、どんな人でした……」

「そいつが中々の人だよ……」

幸吉は、苦笑交じりに隠居文左衛門の人となりを勇次に教えた。

「へえ。隠居して弾けるとは、面白い御隠居ですね」

勇次は、幸吉の話を聞いて妙に感心した。

「うん。勇次……」

幸吉は、一方を見て緊張を滲ませた。

勇次は、幸吉の視線を追った。

視線の先には、薬種問屋『秀峰堂』を鋭い眼差しで窺う町方の男がいた。

「親分……」

「ああ。野郎、何処かで見た面だ」

幸吉は眉をひそめた。

「見た面……」

勇次は、喉を鳴らした。

「ああ。何処で見たかは思い出せないがな」

幸吉は、苛立《いらだ》ちを過らせた。

薬種問屋『秀峰堂』から手代が客を見送って出て来た。

町方の男は、その場を離れた。

「親分……」

「うん。追ってみよう」

幸吉と勇次は、町方の男を追った。

長谷川町の外れの仕舞屋は、おしまの家だった。だが、おしまと背の高い浪人との拘りは分からなかった。

此処迄だ……。

大助は、己の出来る範囲を見定め、八丁堀岡崎町の秋山屋敷に戻った。

「お帰りなさい……」

太市が迎えた。

「只今戻りました」

大助は、表門脇の潜り戸から屋敷に入った。

「大助さま……」

門番所の腰掛けにいた由松が、大助に挨拶をした。

「やあ。由松さん……」

大助は、由松が来ているのに微かな戸惑いを過らせた。

「大助さま、由松さんが訊きたい事があるそうですよ」

太市は、大助の戸惑いに気が付いた。

「私にですか……」

「はい……」

「何ですか……」

「昨日、瀬戸物町の閻魔堂で二人の遊び人を懲らしめましたか……」

由松は尋ねた。

「えっ。はい、雨に降られて、おしまって女の人と閻魔堂で雨宿りをしていたら、二人の遊び人が来て、嫌がるおしまを無理矢理に連れて行こうとしたので止めに入り……」

大助は語った。

「争いになって叩きのめしましたか……」

由松は読んだ。

「はい。奴らの番傘で……」

「で、二人の遊び人は……」

「逃げ去り、おしまも消えていました」

大助は、悄然《しょうぜん》と肩を落とした。

「それで、ずぶ濡れになって帰って来たのですか……」

太市は苦笑した。

「はい。由松さん、そいつが何か……」

大助は、微かな不安を滲ませた。

「大助さま、その遊び人の一人、粂吉ってのが昨夜、閻魔堂で殺されましてね」

由松は告げた。

「殺された……」

大助は驚き、眼を丸くした。

「ええ……」

由松は頷いた。

「由松の兄貴、大助さまは昨夜、お屋敷を出ちゃあいませんよ」

太市は告げた。

「うん。粂吉、昼間揉めた前髪の侍と夜又出逢い、争いになって殺された場合もあると睨みましたが、前髪の侍が大助さまだとなると、その睨みは消えましたよ」

由松は笑った。

「済みません。御迷惑を掛けたようですね」

大助は詫びた。

「いいえ。大助さまは悪くありませんよ」

「はい。由松さん、此の事、父上に報せるんですか……」

「さあて、あっしは親分と和馬の旦那に報せますが、それからは……」

「大丈夫ですよ、大助さま。立派な理由のある喧嘩なら旦那さまもお咎めになりませんよ」

太市は、安心させるように笑った。

「それなら良いんですが……」

「それで大助さま、そのおしまって女、どのような……」

由松は尋ねた。

「粋な形の年増で長谷川町で三味線を教えていました」

「ほう、又見掛けたんですかい……」

「ええ。背の高い浪人と一緒の処を……」

「背の高い浪人ですか……」

由松は眉をひそめた。

昨夜、粂吉は閻魔堂でおしまと浪人に逢ったのかもしれない。

由松は読んだ。

「ええ。おしまと長谷川町の仕舞屋に行きましたよ……」

大助は、僅かに腹立たしさを浮かべた。

「長谷川町の仕舞屋ですか……」

由松は、その眼を僅かに光らせた。

「はい……」

大助は頷いた。

町方の男は、長谷川町の外れの仕舞屋に入った。

幸吉と勇次は見届けた。

「さあて、誰の家かな……」

幸吉は、仕舞屋を眺めた。

「戸口に三味線教授の看板がありますよ」

勇次は告げた。

「うん……」

幸吉は頷いた。

「あっ、由松の兄貴です」

勇次は、やって来た由松に気が付いた。

「うん。勇次……」

勇次は、由松の許に走った。

「三味線のお師匠さんのおしまの家……」

幸吉は眉をひそめた。

「ええ。元服前の前髪の侍。閻魔堂で雨宿りをしていて、おしまの事で粂吉や定五郎と揉め、叩きのめしたそうでしてね」

由松は報せた。

「元服前の前髪の侍、何処の誰か突き止めたのか……」

幸吉は訊いた。

「はい……」

「何処の誰だ……」

「秋山大助さまでした」

由松は苦笑した。

「大助さま……」

幸吉と勇次は驚いた。

「ええ……」

由松は、大助から聞いた話を幸吉と勇次に詳しく教えた。

「そうか、そうだったのか……」

幸吉は頷いた。

「それで、背の高い浪人が気になりましてね」

由松は眉をひそめた。

「うん。で、どうする」

「先ずは、おしまと背の高い浪人を見張ってみようかと……」

由松は、仕舞屋を眺めた。

「よし。勇次、由松と一緒に見張りな」

幸吉は命じた。

「承知……」

勇次は頷いた。

新八と清吉の聞き込みにも拘わらず、閻魔堂での粂吉殺しや怪しい奴を見掛けた者は浮かばなかった。

幸吉は、清吉に神田鍋町の薬種問屋『秀峰堂』隠居の文左衛門と遊び人の定五郎を見張らせ、新八を由松と勇次の見張るおしまの家に走らせた。

隠居の文左衛門は、粂吉が殺されたのにも拘わらず、定五郎をお供に遊び歩いていた。

清吉は、見張りに付いた。

何処かで見覚えのある面……。

幸吉は、町奉行所から廻されて来た何十枚ものお尋ね者の人相書や似顔絵を見直した。

薬種問屋『秀峰堂』を窺い、長谷川町の三味線の師匠おしまの家に入った町方の男は何処の誰なのか……。

幸吉は、見覚えのある面の町方の男が誰か突き止めようとした。だが、幸吉が持っているお尋ね者の人相書や似顔絵に町方の男はいなかった。

由松と勇次は、駆け付けた新八とおしまの家を見張った。

夕暮れ時、おしまの家から背の高い浪人と町方の男が出て来た。

由松、勇次、新八は見守った。

背の高い浪人と町方の男は、浜町堀に向かった。

「由松の兄貴……」

勇次は眉をひそめた。

「おしまを頼む。俺は追ってみる」

「はい。新八、一緒に行きな……」

「合点です」

新八は、由松と共に背の高い浪人と町方の男を追った。

勇次は見送り、おしまが残っている筈の家を窺った。

家には明かりが灯された。

燭台《しょくだい》の明かりは揺れた。

大助は久蔵の前に座り、太市が障子を閉めて控えた。

「大助、その方、昨日の昼、二人の遊び人と争いになり、打ちのめしたそうだな」

久蔵は、大助を見詰めた。

「はい……」

大助は、覚悟を決めたように頷いた。

「して、その遊び人の一人が昨夜、何者かに殺された……」

「はい……」

「その方、それには拘りはないのだな」

「はい。ありません」

大助は、久蔵を見返した。

「そうか。ならば良い……」

久蔵は頷いた。

「父上……」

大助は、微かに安堵した。

「大助、その方が二人の遊び人と揉めた原因は、おしまと云う三味線の師匠だと聞いたが、相違ないか……」

「はい……」

「で、そのおしま、今日は浪人と一緒だったのだな」

「はい。おしまと浪人、長谷川町の外れの仕舞屋に入って行きました」

大助は告げた。

「そうか……」

久蔵は眉をひそめた。

「旦那さま……」

太市は、久蔵に怪訝な眼を向けた。

「うむ。近頃、相州小田原に腕の立つ浪人を従えた女盗賊が現れたそうでな」

久蔵は告げた。

「女盗賊ですか……」

太市は、緊張を漲らせた。

「うむ。此れが小田原から送られて来た似顔絵だ……」

久蔵は、女の顔の描かれた絵を差し出した。

大助と太市は覗き込んだ。

描かれた女の顔は、おしまに何処となく似ていた。

「どうだ……」

「はい。似ているような気はしますが……」

大助は首を捻った。

「良く分からないか……」

久蔵は、慎重な大助に微笑んだ。

「よし。それで良い……」

大助は頷いた。

「はい……」

三

浜町堀に舟の櫓の軋みが響いた。

背の高い浪人と町方の男は、浜町堀に架かっている高砂橋《たかさごばし》の袂にある居酒屋の暖簾を潜った。

由松と新八は見届けた。

「さあて、酒を飲みに来ただけなのか、誰かと逢うのか……」

新八は、夜風に揺れる居酒屋の暖簾を見詰めた。

「よし。先に入っていろ。俺はちょいと間を置いて入るぜ」

「承知。じゃあ……」

新八は、居酒屋に向かった。

由松は、居酒屋に新たに来る客を見守った。

居酒屋は賑わっていた。

新八は、男衆に迎えられて店内を見廻した。

背の高い浪人と町方の男は、店の奥の衝立《ついたて》の陰で二人の若い男と酒を飲んでいた。

新八は、浪人と町方の男たちの話が聞こえる処に座り、男衆に酒と肴《さかな》を注文した。

「それで村上《むらかみ》の旦那、お師匠さんは何と仰っているんですかい……」

若い男の一人は、背の高い浪人を村上の旦那と呼んだ。

「うむ。もう少し様子を見てからだと云っている……」

村上は、酒を飲んだ。

「もう少しですか……」

若い男は、焦れたように手酌で酒を飲んだ。

「苛立つんじゃあねえ、為吉《ためきち》……」

町方の男は苦笑した。

「ですが、万七《まんしち》の兄貴……」

町方の男は、万七と云う名前だ。

村上に万七、そして若い男の一人は為吉……。

新八は知った。

「おう。待たせたな……」

由松が現れ、新八の前に座った。

「いえ。ま、一杯……」

新八は、由松に徳利を向けた。

「うん……」

由松は、猪口《ちょこ》を手にした。

「村上に万七、若い奴の一人は為吉……」

新八は、由松に酌をしながら囁いた。

「うん。じゃあ……」

由松は頷き、猪口の酒を啜った。

「へえ、神田鍋町は薬種問屋の秀峰堂の隠居がお師匠さんにちょっかいを出して
いるんですか……」

為吉は眉をひそめた。

「ああ。遊び人を使ってしつこく口説いて来ている……」

万七は、酒を飲んだ。

「へえ、知らねえとは云え、良い度胸ですね」

もう一人の若い男は感心した。

「ああ、八助《やすけ》の云う通りだ」

万七は笑った。

為吉と八助は、一緒に賑やかに笑った。

村上は、冷笑を浮かべて手酌で酒を飲んだ。

由松と新八は、村上と万七たちの様子を窺いながら酒を飲んだ。

居酒屋は賑わった。

谷中《やなか》の賭場は、盆茣蓙を囲む客たちの熱気と煙草の煙に満ち溢れていた。

客の中には、薬種問屋『秀峰堂』の隠居の文左衛門と遊び人の定五郎もいた。

清吉は、次の間から見張った。

文左衛門は、博奕に勝っていて機嫌良く駒を張っていた。

清吉は、見張り続けた。
仕舞屋の明かりは消えた。
寝たか……。
勇次は、おしまが出掛ける事もなく寝たのを知った。
引き上げるか……。
勇次は、仕舞屋の前から離れようとした。
裏の路地に黒い人影が過った。
勇次は、素早く物陰に潜んで暗がりに眼を凝らした。
人影は地味な着物に裁衣袴《たっつけばかま》、そして菅笠《すげがさ》を目深に被ったおしまだった。
おしま……。
勇次は見守った。
おしまは、暗がり伝いに日本橋室町に足早に向かった。
勇次は追った。
日本橋の通りは寝静まり、夜廻りの木戸番の打つ拍子木の音だけが響いていた。

おしまは、連なる大店の軒下の暗がりを足早に進んだ。
何処に何をしに行く……。
勇次は、おしまを追った。
おしまは立ち止まり、目深に被った菅笠をあげて一軒の大店を眺めた。
勇次は、おしまの視線を辿った。
視線の先には、茶道具屋『千家堂《せんけどう》』があった。
『千家堂』は、大名家御用達《ごようたし》の金看板を何枚も掲げた格式高い老舗《しにせ》の茶道具屋だ。
おしまは、寝静まっている茶道具屋『千家堂』を窺うように周囲を歩き廻った。
何をしている……。
勇次は、怪訝に見守った。
おしまは立ち止まった。そして、小さな吐息を洩らして踵を返した。
勇次は続いた。
おしまは、足早に来た道を戻った。
家に帰るのか……。
勇次は追った。

南町奉行所の中庭は日差しに満ちていた。

久蔵の用部屋には、和馬と幸吉が来ていた。

「ほう、おしまがな……」

久蔵は、小さな笑みを浮かべた。

「はい。裁衣袴に菅笠で日本橋は室町の千家堂を窺い、周囲を歩き廻っていたそうです」

幸吉は告げた。

「秋山さま……」

和馬は、厳しさを滲ませた。

「うん。まるで盗人の下調べだな」

久蔵は睨んだ。

「はい……」

和馬は、厳しい面持ちで頷いた。

「それから背の高い浪人は村上、薬種問屋秀峰堂を見張っていたのは万七。他に仲間が二人いました」

幸吉は、勇次や由松たちの調べて来た事を報せた。

「して、秀峰堂の文左衛門はどうした」

「遊び人の定五郎と谷中の賭場に……」

「粂吉が殺されたって云うのに気楽な年寄りですよ」

幸吉は、腹立たし気に告げた。

「そうか……」

「秋山さま、おしまと村上や万七たち、やはり相州小田原を荒らした女盗賊と拘わりがあるのかもしれませんね」

和馬は読んだ。

「もし、そうだとして、遊び人の粂吉殺しとの拘りは……」

久蔵は尋ねた。

「そいつは未だ……」

和馬は、眉を曇らせた。

「ならば、そいつを見定めるのだな」

久蔵は笑った。

長谷川町のおしまの家は、勇次によって見張られていた。

由松と新八は、両国広小路脇の薬研堀《やげんぼり》にある小さな商人宿を見張った。

昨夜、浪人の村上と万七は、為吉たちと別れて薬研堀にある小さな商人宿に入った。

小さな商人宿は、ひょっとしたら何か曰《いわ》くのある宿なのかもしれない。

由松と新八は、小さな商人宿を見張り、周辺に聞き込みを始めた。

清吉は、神田鍋町の薬種問屋『秀峰堂』の隠居文左衛門を見張った。

隠居の文左衛門は、昨夜遅く谷中の賭場から戻った。

定五郎は、文左衛門を送り届けて帰って行った。

清吉は、文左衛門を見張り続けた。


茶道具屋『千家堂』は、落ち着いた風情《ふぜい》の格式高い老舗だ。

和馬と幸吉は、茶道具屋『千家堂』について聞き込みを掛けた。

茶道具屋『千家堂』は、大名家や大身旗本、大店を馴染《なじみ》客に持ち、高値の品物を屋敷に持ち込んでの商いを主としていた。

「旦那の翔風《しょうふう》さまは茶人でしてね。番頭さんたちも茶の湯の師匠だそうですよ」

幸吉は告げた。

「うむ。茶釜に茶碗、新しい品物は勿論、名のある骨董《こっとう》の茶道具も売っていて、かなり儲けているらしいな」

和馬は苦笑した。

「ええ。金蔵は小判で一杯だとか、盗人が狙っても不思議はありませんか……」

幸吉は、茶道具屋『千家堂』を眺めた。

「うん……」

和馬は頷いた。

おしまと浪人の村上や万七たちは盗賊であり、茶道具屋『千家堂』の押し込みを企《たくら》んでいるのかもしれない。

和馬と幸吉は読んだ。

薬研堀の傍の小さな商人宿『戎屋《えびすや》』に客の出入りはなかった。

由松と新八は、薬研堀の傍から小さな商人宿『戎屋』を見張った。

「由松さん……」

新八は、由松に『戎屋』から出て来た万七を示した。

「万七か……」

「ええ。出掛けるようですね」

新八は読んだ。

「うむ。一人か……」

「ええ。村上は出て来ませんね」

「よし。万七の後を追ってみてくれ」

由松は命じた。

「合点です」

新八は、出掛けて行く万七を追った。

由松は見送った。


勇次は、おしまの家を見張り続けた。

粋な形の年増が、おしまの家から出て来た。

おしま……。

勇次は緊張した。

おしまは、辺りを見廻して東堀留川に向かった。

よし……。

勇次は、おしまの尾行を開始した。
おしまは、東堀留川に架かる和國橋《わくにばし》を渡り、そのまま進んだ。
勇次は尾行た。
おしまは、西堀留川に架かっている中ノ橋を渡って北に曲がった。
昨夜遅く茶道具屋『千家堂』に行った道筋と同じだ……。
勇次は気が付いた。
おしまは、道浄橋《どうじょうばし》の袂を西に曲がった。
勇次は追った。
おしまは、西堀留川沿いを西に進んだ。
やがて、雲母橋があり、閻魔堂がある。
おしまは、閻魔堂を一瞥して浮世小路に向かった。
浮世小路を抜けると日本橋の通りであり、室町三丁目だ。
室町三丁目には、茶道具屋『千家堂』がある。
やはり、昨夜遅く来た茶道具屋『千家堂』に来たのだ。
勇次は読んだ。

日本橋室町の茶道具屋『千家堂』の前には多くの人が行き交っていた。

万七は立ち止まり、茶道具屋『千家堂』をそれとなく窺った。

新八は、物陰から見守った。

浮世小路から粋な形の年増が現れ、佇む万七の前を通り過ぎた。

万七は、粋な形の年増に続いた。

うん……。

新八は戸惑った。

浮世小路から勇次が現れ、粋な形の年増と万七に続いた。

勇次の兄貴……。

新八は、勇次の許に急いだ。


万七と落ち合った……。

勇次は、日本橋に向かう粋な形のおしまと万七を追った。

「兄貴……」

新八が背後から並んだ。

「新八……」

勇次は頷き、おしまと万七を尾行た。

新八は続いた。


日本橋は、外堀から続く日本橋川に架かっている。

おしまは日本橋を渡らず、北詰を外堀に向かった。

万七は続いた。

おしまは、日本橋川の岸辺に佇んだ。

万七が駆け寄った。

「お頭……」

「万七、昨夜遅くと今、ちょいと様子を窺ったけど、やっぱり気が進まないね」

おしまは眉をひそめた。

「そんな。力尽《ちからずく》でやりゃあ、どうって事はありませんよ」

万七は苦笑した。

「そうかもしれないけど、どうも通り雨にでも遭いそうな気がしてね……」

おしまは、不安を滲ませた。

「ですが、為吉たちも……」

「万七、決めるのは私だよ……」

おしまは、万七を厳しく見据えた。

「は、はい……」

万七は緊張した。

勇次と新八は、おしまと万七を見守った。

「何を話しているんですかね……」

新八は苛立った。

「さあて、おしまが何か厳しい事を云っているようだな……」

勇次は眉をひそめた。

「ええ……」

新八は頷いた。

おしまは、万七を残してその場を離れた。

「兄貴……」

「うん。俺はおしまを追う。新八は引き続き、万七の野郎をな」

「承知……」

勇次と新八は散った。

おしまは、日本橋の通りを室町に戻って行った。

万七は、不服そうな面持ちでおしまを見送っていた。

新八は、物陰から見届けた。


おしまは、来た道を戻り始めた。

勇次は尾行た。

おしまは、茶道具屋『千家堂』の前に立ち止まって眺めた。

茶道具屋『千家堂』は、客の出入りもなく暖簾を微風に揺らしていた。

何故か不吉な予感がする……。

おしまは、吐息を洩らして歩き出し、浮世小路に曲がった。

勇次は追った。

浮世小路の先には西堀留川があり、南の瀬戸物町に閻魔堂がある。

おしまは、閻魔堂のある通りに進み、小さな声をあげて立ち止まった。

閻魔堂に前髪の侍が手を合わせていた。

雨宿りの時、粂吉や定五郎から助けてくれた前髪の侍か……。

おしまは気になった。

前髪の侍は、合わせていた手を解いて振り返った。

「あっ……」

前髪の侍は、おしまを見て笑みを浮かべた。

雨宿りの時の前髪……。

おしまは見定めた。

「おしまさんでしたね……」

前髪の侍は、笑顔で話しかけて来た。

「は、はい。おしまです」

「私は秋山大助、あの時、不意にいなくなったので心配していました。怪我はありませんでしたか……」

「秋山大助さま……」

おしまは、前髪の侍の名を知った。

「はい」

「その節はお世話になりました。急に恐ろしくなって、申し訳ありませんでした」

おしまは、礼と詫びを述べた。

「いいえ。それより、おしまさん。何か困った事があるなら力になりますよ」

大助は、勢い込んだ。

「困った事……」

おしまは、微笑みを浮かべて道浄橋に歩き出した。

大助は続いた。

これはこれは……。

勇次は、大助の出現に戸惑いながらも後を追った。

道浄橋は、西堀留川が鉤《かぎ》の手に曲がった処に架かっている。

おしまは、道浄橋の袂に佇んだ。

「大助さま、私は三味線の師匠をしていましてね。去年、何人かの弟子と一緒に相州小田原から江戸に出て来たんですよ」

おしまは、西堀留川の澱みを見詰めた。

「小田原からお弟子と……」

大助は、おしまの後ろ姿を見詰めた。

「ええ。ですが、江戸の水が性に合わないと云うか、馴染めなくて……」

「落ち着きませんか……」

「ええ。いつも不吉な予感がして……」

「不吉な予感……」

大助は眉をひそめた。

「ええ。だから、さっさと江戸を引き払って小田原に帰ろうと思ったんですが……」

「何かあるんですか……」

「はい。一緒に江戸に出て来た弟子たちが反対しましてねえ……」

おしまは、哀し気に告げた。

「弟子も子供じゃあないのなら、好きにさせれば良いじゃあないですか……」

「そりゃあそうなんですが、酷い目に遭うような気がして……」

「おしまさん、江戸はそんな恐ろしい処じゃありませんよ」

大助は苦笑した。

「そうでしょうけど、江戸には鬼や剃刀がいるとか……」

おしまは、楽しそうに笑った。

「剃刀……」

大助は、思わず訊き返した。

「大助さま、お力をお借りしたい時には、閻魔堂に結び文を入れて置きます。じゃあ……」

おしまは、小走りに西堀留川に架かる中ノ橋に向かった。

「おしまさん……」

大助は見送った。

四

おしまは、長谷川町の家に帰った。

勇次は見届けた。

大助とおしまはどんな話をしたのか……。

おしまは、不安気で、哀し気で、楽しそうだった。

何を話したのだ。

勇次は知りたかった。

おしまの家は、静けさに沈んでいた。

勇次は、おしまの家を見据えた。


両国広小路は賑わっていた。

万七は、日本橋から東西の堀留川を抜けて浜町堀を渡り、両国広小路脇の薬研堀に進んだ。

新八は尾行た。

万七は、薬研堀の傍の商人宿『戎屋』に戻った。

新八は、張り込んでいる由松の許に急いだ。

「御苦労だったな。で、どうだった」

由松は、新八を迎えた。

「日本橋は室町の千家堂を窺い、おしまと落ち合い、何事か言葉を交わして別れて来ましたよ」

新八は報せた。

「おしまとな……」

「はい。何を話し合ったかは分かりませんが、万七、帰って行くおしまを不服そうな面で見送っていましたよ」

「不服そうな面……」

由松は眉をひそめた。

「ええ。ひょっとしたら万七とおしま、何か揉めているのかもしれませんね」

新八は読んだ。

「揉めているか……」

由松は、商人宿『戎屋』を厳しい面持ちで見据えた。

盗賊の鬼薊《おにあざみ》一味……。

久蔵は、盗賊一味の仔細を相州小田原藩に問い合わせ、頭が女盗賊の鬼薊のおせいだと知った。

盗賊鬼薊一味は、頭の鬼薊のおせい、小頭の不動の万七、浪人村上純一郎《じゅんいちろう》、手下の為吉たちがいた。

小頭の不動の万七と浪人の村上純一郎が薬研堀傍の商人宿『戎屋』にいる万七と村上だとなると、頭の鬼薊のおせいは三味線の師匠のおしまに間違いないのだ。

久蔵は見極めた。

「して和馬、茶道具屋の千家堂、盗賊共に狙われても不思議はないのだな」

「はい。馴染客は大名旗本、大店の主。一つひとつの売り買いが大商いだそうです」

「よし。柳橋と相談して千家堂を警戒させろ」

久蔵は命じた。

「心得ました」

和馬は頷いた。

「鬼薊のおせい。江戸の町奉行所の恐ろしさを思い知らせてやる」

久蔵は、不敵な笑みを浮かべた。

和馬と柳橋の幸吉は、雲海坊と清吉に茶道具屋『千家堂』を見張らせた。

勇次は三味線の師匠おしまこと鬼薊のおせいを、由松と新八に商人宿『戎屋』にいる万七と浪人の村上を引き続き監視させた。

退出の刻限が来た。

太市は、久蔵を迎えに南町奉行所にやって来た。

「御苦労だな」

久蔵は、太市を労った。

「いえ……」

「何かあったか……」

「はい。大助さまがおしまと逢ったと、勇次の兄貴から報せがありました」

太市は告げた。

「大助がおしまと……」

久蔵は眉をひそめた。

「はい。大助さまは大助さまなりに、おしまに探りを入れているのかもしれません」

大助がおしまと逢ったのは、太市が黙っていても久蔵に知れる事だ。ならば、何事も包み隠さず早く報せた方が良い。そして、太市は大助の腹の内をそれなりに読み、久蔵に報せた。

「太市、要らざる事に気を遣うな。そいつは大助に問い質せば分かる」

久蔵は苦笑した。

「はい……」

「よし。屋敷に帰るぞ……」

久蔵は、書類を片付け始めた。

用部屋の障子は夕陽に染まった。


日本橋室町の茶道具屋『千家堂』は、日暮れと共に暖簾を仕舞い、大戸を閉めた。

雲海坊と清吉は、斜向《はすむ》かいの甘味処の二階を借り、見張所にした。

盗賊らしい奴が茶道具屋『千家堂』を窺いに現れるか……。

雲海坊と清吉は、甘味処の二階の窓から茶道具屋『千家堂』を見張った。

夕闇はおしまの家を覆った。

おしまに動きはなかった。

勇次は、見張り続けた。

夜が訪れ、両国広小路の賑わいは消えた。

由松と新八は、薬研堀越しに万七と浪人の村上のいる商人宿『戎屋』を見張った。

商人宿『戎屋』は、新しい泊り客もなく大戸を閉めた。

「由松さん……」

新八は、大川から薬研堀に入って来た猪牙舟を示した。

二人の男を乗せた猪牙舟は、為吉が操っていた。

「船頭は為吉ですぜ……」

新八は囁いた。

「ああ。他の二人も盗賊の一味だな」

由松は読んだ。

為吉は、二人の男を乗せた猪牙舟を薬研堀の船着場に寄せた。

為吉と二人の男は、猪牙舟を下りて商人宿『戎屋』の潜り戸を叩いた。

潜り戸が開き、為吉と二人の男は『戎屋』に入った。

「万七や村上と合わせて五人か……」

由松は人数を数えた。

「新八、おそらく押し込みは近いぜ……」

「ええ……」

由松は眉をひそめた。

繋がれた猪牙舟の揺れる薬研堀には、月影が蒼白く映えた。

燭台の明かりは、大助の緊張した横顔を照らした。

「おしまと逢ったそうだな……」

久蔵は、大助を見据えた。

「はい。瀬戸物町の閻魔堂の前で……」

「おしま、何と申していた」

「はい。去年、相州小田原から出て来たけど、江戸の水が性に合わなくて馴染めないと……」

「馴染めない……」

「はい。それで、何か不吉な予感もするので江戸を引き払い、小田原に帰ろうかと……」

「ほう、不吉な予感か……」

久蔵は、女盗賊鬼薊のおせいの勘の良さに少なからず驚いた。

「はい。ですが、小田原に帰るのを弟子たちが反対していると……」

「弟子たちが反対しているだと……」

久蔵は眉をひそめた。

「はい……」

大助は頷いた。

「そうか……」

「父上、何か……」

「大助、俺たちは近々、鬼薊一味と云う盗賊共をお縄にする」

「えっ……」

「話は此れ迄だ。退がるが良い……」

「は、はい。では……」

大助は、戸惑いながらも久蔵に一礼して座敷から出て行った。

「不吉な予感か……」

久蔵は、厳しさを滲ませた。

おしまは、家から出なかった。

勇次は見張った。

「勇次……」

勇次は、呼び掛ける声に振り返った。

着流しの久蔵が、目深に被った塗笠を上げていた。

「秋山さま……」

「あの家か……」

久蔵は、おしまの家を眺めた。

「はい。おしまは昨日から動きません」

「そうか……」

久蔵はふたたび、おしまの家を眺めた。

「何か……」

「勇次、おしまは相州小田原の女盗賊鬼薊のおせいだ」

「鬼薊のおせい……」

「ああ。おそらく江戸から出て行く……」

「えっ……」

「お縄にせず、行き先を突き止めろ」

久蔵は命じた。


猪牙舟は揺れていた。

由松と新八は、商人宿『戎屋』を見張り続けた。

昨夜来た為吉と二人の男は、商人宿『戎屋』に泊まった。

幸吉がやって来た。

「親分……」

由松と新八は迎えた。

「どうだ……」

「万七と浪人の村上の他に昨夜から為吉と二人の男が……」

由松は告げた。

「五人か……」

「ええ……」

「千家堂に押し込むには十分だな」

幸吉は読んだ。

「親分……」

「秋山さまは、押し込みは近いと睨んでいる」

幸吉は、厳しい面持ちで告げた。


日本橋の通りに人は行き交った。

雲海坊と清吉は、甘味処の二階から斜向かいに見える茶道具屋『千家堂』を見張った。

「どうだ。変わりはないか……」

和馬がやって来た。

「ええ。今の処、千家堂の周りに妙な野郎はいませんよ」

雲海坊は告げた。

「そうか……」

「どうぞ……」

清吉は、茶を淹《い》れて和馬に差し出した。

「済まないな……」

和馬は、茶を啜った。

「雲海坊、清吉、秋山さまは盗賊共の押し込みは近いと睨んでいる」

「じゃあ……」

「ああ。押し込む時、一挙にお縄にする」

和馬は、茶を飲み干した。


夜は更け、薬研堀の棒杭を打つ水音だけが小さく響いていた。

薬研堀の傍の商人宿『戎屋』は大戸を閉め、夜の闇に沈んでいた。

由松と新八は見張った。

商人宿『戎屋』の潜り戸が開き、万七、村上、為吉と二人の男が出て来た。

「新八……」

「はい……」

新八は、喉を鳴らした。

万七、村上、為吉、二人の男は薬研堀の船着場に走った。

「由松さん、やっぱり猪牙です……」

新八は、由松に囁いた。

「ああ。西堀留川のどん突き迄、猪牙で行けば、室町三丁目の千家堂は近い……」

由松は読んだ。

為吉は、万七、村上、二人の男を乗せた猪牙舟を薬研堀から大川に漕《こ》ぎ出した。

「新八……」

由松は、船着場に走った。

新八は続き、由松と船宿『笹舟』から運んでおいた猪牙舟に飛び乗った。そして、舫《もや》い綱を解き、為吉の操る猪牙舟を追って薬研堀を出た。

為吉の漕ぐ猪牙舟は、大川を下って新大橋に向かっていた。

新大橋を潜って三つ俣《みまた》に曲がり、日本橋川を遡《さかのぼ》って西堀留川に進む。

由松と新八は読み、万七、村上、二人の男を乗せた為吉の猪牙舟を追った。

おしまの家の裏路地に人影が過った。

勇次は、眼を凝らした。

おしまが裏路地から現れた。

出掛ける……。

勇次は、喉を鳴らして見守った。

おしまは、辺りを油断なく見廻して不審のないのを見定め、東西の堀留川に向かった。

室町の茶道具屋『千家堂』に行くのか……。

勇次は読んだ。

おしまは足早に進んだ。

勇次は追った。

おしまは、東堀留川に架かる和國橋を渡り、堀江町と小舟町を抜けた。そして、西堀留川に架かる中ノ橋に向かった。

勇次は追った。

おしまは、道浄橋の袂から雲母橋に進んだ。

勇次は尾行た。

おしまは、雲母橋の船着場を窺った。

雲母橋の船着場には、舟は一艘《そう》も繋がれていなかった。

おしまは見定め、閻魔堂に何かを入れて暗がりに身を潜めた。
何をする気だ……。
勇次は見守った。
僅かな刻が過ぎた。
西堀留川に猪牙舟が現れ、雲母橋の下の船着場にやって来た。
猪牙舟が、雲母橋の船着場に船縁《ふなべり》を寄せると五人の盗人姿の男が降りて来た。
勇次は緊張した。
万七と村上たちだ……。
勇次は見定めた。
次の瞬間、おしまが閻魔堂の暗がりから駆け出した。
「お頭……」
万七、村上、為吉たちは戸惑った。
「万七、村上の旦那、不吉な予感がする。押し込みは止めるんだよ」
おしまは、必死の面持ちで告げた。
「頭、此れ迄だ……」
村上は、おしまを抜き打ちに斬った。

おしまは、短く声をあげて倒れた。

勇次は驚いた。

万七、村上、為吉たち五人の盗賊は、浮世小路に駆け去った。

勇次は、倒れているおしまに駆け寄った。

おしまは、胸元から血を流して気を失っていた。

「勇次……」

由松と新八が駆け寄って来た。

雲海坊と清吉は、甘味処の二階から茶道具屋『千家堂』を見張っていた。

五人の男たちが、浮世小路から日本橋の通りに現れた。

「雲海坊さん……」

清吉は緊張した。

「現れやがったか……」

雲海坊は、楽しそうに声を弾ませた。

万七、村上、為吉たち五人の盗賊は、通りに人影がないのを見定めて茶道具屋『千家堂』の前に進んだ。

「清吉、呼子笛だ」

「合点です」

清吉は、呼子笛を吹き鳴らした。

呼子笛の音が夜空に鳴り響き、家並みの路地から久蔵、和馬、幸吉が捕り方たちを率いて現れ、素早く取り囲んだ。

一瞬の出来事だった。

万七、村上、為吉たちは驚き、浮世小路に逃げ戻ろうとした。

浮世小路は、追って来た由松と新八が塞いだ。

万七、村上、為吉たちは狼狽えた。

「不動の万七、村上純一郎、一味の者共。此れ迄だ。神妙にお縄を受けろ」

和馬は告げた。

「おのれ……」

村上は刀を抜いた。

「村上、万七、江戸の町奉行所を嘗めるんじゃあねえ」

久蔵は、厳しく一喝して進み出た。

「て、手前《てめえ》……」

「所詮、盗賊は死罪。南町奉行所の秋山久蔵が引導を渡してやるぜ」
久蔵は冷笑した。
「剃刀久蔵……」
為吉たちは怯んだ。
刹那、村上は久蔵に斬り掛かった。
久蔵は、鉄鞭《かなむち》を唸らせた。
甲高い音が響き、村上の刀が二つに折られて夜空に飛んだ。
村上は怯んだ。
久蔵は、無造作に踏み込んで村上の右肩を鋭く打ち据えた。
村上は蹲った。
清吉と新八が飛び掛かり、捕り縄を打った。
和馬、幸吉、由松、雲海坊は、万七や為吉たちに一斉に襲い掛かった。
久蔵は見守った。
万七、為吉、二人の男は次々と捕縛された。
盗賊鬼薊一味の者は、おしまこと頭の鬼薊のおせいを除いて捕縛された。
「秋山さま……」

由松が久蔵の許に来た。

「御苦労だったな、由松……」

「いえ。おしまが押し込みを止めさせようとして、村上に斬られました」

「おしまが……」

久蔵は眉をひそめた。

「はい。勇次が医者に担ぎ込みましたが……」

「そうか……」

久蔵は、おしまに哀れみを覚えた。

おしまは、勇次によって医者に担ぎ込まれ、手当を受けた。だが、村上に斬られた傷は深かった。

久蔵は、おしまを訪れた。

おしまは、既に覚悟を決めていた。

「おしま、遊び人の粂吉を殺したのが誰か知っているか……」

久蔵は尋ねた。

「私です……」

おしまは、苦しい息の下で告げた。

「何故、殺した……」

「夜、千家堂に下見に行った時、ばったり逢いましてね。煩く付き纏って来たので……」

おしまは微笑んだ。

「そうか……」

久蔵は頷いた。

「ええ……」

「そいつが、不吉な予感の始まりだったのかな……」

久蔵は、おしまの胸の内を読んだ。

「えっ……」

おしまは、戸惑いを浮かべた。

「ま、良い。休むのだな……」

「はい。あの、お役人さまは……」

「私か、私は南町奉行所の秋山久蔵だ……」

「秋山さま……」

「うむ……」

久蔵は微笑んだ。

「そうでしたか……」

おしまは二つの事に気が付き、小さな笑みを浮かべて静かに眼を瞑《つむ》った。

その翌日の夜、おしまこと女盗賊鬼薊のおせいは静かに息を引き取った。

盗賊鬼薊一味の小頭不動の万七と浪人村上純一郎、為吉たち五人の盗賊は、死罪に処せられた。

盗賊鬼薊一味は崩壊した。

通り雨は、西堀留川の水面に小さな波紋を無数に作っていた。

学問所帰りの大助は、雲母橋を渡って閻魔堂の軒下に駆け込んだ。

雨は降り続いた。

「通り雨か……」

大助は、恨めし気に暗い空を見上げ、閻魔堂の階《きざはし》に腰掛けた。そして、格子戸越しに閻魔堂の中に結び文があるのに気が付いた。

結び文……。

大助は、結び文を拾い上げて解いた。

結び文には、〝さよなら……〟と書かれていた。

「さよなら……」

大助は読み、雨の降る空を見上げた。

雨は降り続き、西堀留川の水面に小さな波紋を重ね続けていた。

大助は、閻魔堂の軒下で雨宿りを続けた。

通り雨は降った……。

第四話

隅田川

一

下谷広小路は、東叡山寛永寺や不忍池弁財天の参拝客と遊山《ゆさん》の客で賑わっていた。

南町奉行所定町廻り同心の神崎和馬は、岡っ引の柳橋の幸吉や下っ引の勇次と市中見廻りの途中、下谷広小路の茶店で一休みした。

「今日も凄い人出ですね」

勇次は、茶を飲みながら行き交う人々を眺めた。

「ああ。信心深い人が多いんだな」

和馬は苦笑した。

「旦那……」

幸吉が一方を見詰め、和馬に声を掛けた。

「どうした、柳橋の……」

和馬は、幸吉の視線を追った。

「あの、総髪の痩せた侍……」

「うん……」

和馬は、幸吉の視線の先の総髪の痩せた侍を見定めた。

「前を行く武家の御妻女を尾行ているようですぜ」

幸吉は、総髪の痩せた侍の前を行く武家女を示した。

「なに……」

和馬は、総髪の痩せた侍の先を行く武家女を見た。

武家の女は、三十歳前後で落ち着いた足取りで三橋《みはし》に向かって行く。

三橋は、下谷広小路と寛永寺の黒門や御成門の間を流れる忍川《しのぶがわ》に架かっている。

因《ちな》みに云えば、忍川は不忍池から三味線堀に流れていた。

総髪の痩せた侍は、武家の女に一定の間を取って続いて行く。

幸吉の睨み通り、総髪の痩せた侍は武家の女を尾行ている。

和馬は頷いた。

武家の女と総髪の痩せた侍は、人混みに見え隠れした。

「どうします……」

勇次は出方を窺った。

「追ってみるか……」

和馬と幸吉は、縁台から立ち上がった。

刹那、三橋から男や女の悲鳴が上がった。

勇次は、弾かれたように三橋に走った。

和馬と幸吉は続いた。


勇次、和馬、幸吉は、恐ろし気に遠巻きにしている人々を掻き分けて三橋の前に出た。

三橋の端にいた総髪の痩せた侍は、倒れている羽織姿の初老の男を残して不忍池の方に走った。

「柳橋の、此処を頼む。勇次……」

和馬は、勇次を従えて総髪の痩せた侍を追った。

「おい、しっかりしろ……」

幸吉は、倒れている羽織姿の初老の男に駆け寄り、抱き起こした。

羽織姿の初老の男は、腹を一突きにされて絶命していた。

幸吉は、羽織姿の初老の男の死を見定めた。


水鳥は羽音を鳴らして飛び立った。

勇次と和馬は、水鳥の飛び立った不忍池の畔に走り出た。

総髪の痩せた侍の姿は、既に何処にも見えなかった。

「おのれ……」

和馬は、腹立たし気に辺りを見廻した。

「和馬の旦那、辺りに聞き込みを掛けて足取りを追ってみます」

「頼む……」

「はい。じゃあ……」

勇次は駆け去った。

和馬は、勇次を見送って三橋に戻った。

幸吉は、羽織姿の初老の男の死体を上野元黒門町《もとくろもんちょう》の自身番に運び、居合わせた人々に聞き込みを掛けていた。

和馬が戻って来た。

「どうでした」

「逃げられた。勇次が足取りを追っている」

和馬は告げた。

「そうですか。仏は腹を刺されて死んでいました」

幸吉は告げた。

「そうか。して、殺ったのは、総髪の痩せた侍なのだな」

「そいつが、総髪の痩せた侍が仏の腹を刺したのを見た者はいないのです」

幸吉は告げた。

「見た者はいない……」

和馬は眉をひそめた。

「ええ。此の人混みの中での出来事。人が大勢いて見えなかったのかもしれません」

幸吉は読んだ。

大勢の人が行き交っているが、刺したのを見た者がいなかったのだ。

「で、仏が倒れたので気が付いたようです」

幸吉は告げた。

「成る程。して、俺たちが駆け付けた時、総髪の痩せた侍はいたが、尾行ていた筈の武家の女はいなかったな」

和馬は思い出した。

「はい。それで辺りにいた者に武家の女を見なかったか訊いたんですが、見たと云う者はいないんです」

幸吉は眉をひそめた。

「見た者はいないだと……」

「はい。武家の女、おそらく仏が倒れる前に立ち去ったんでしょうね」

幸吉は読んだ。

「そうか。して、仏の身許は……」

「これからです」

「よし……」

和馬と幸吉は、仏を運んである上野元黒門町の自身番に向かった。

勇次は、不忍池の畔に総髪の痩せた侍の足取りを捜した。

不忍池の畔を散策していた隠居。

料理屋帰りのお店の主夫婦。

畔の茶店の亭主……。

勇次は、聞き込みを続けた。

総髪の痩せた侍は、明神下の通りに向かったのが分かった。

此迄だ……。

勇次は、下谷広小路に戻った。


殺された羽織姿の初老の男は、持ち物から神田連雀町《れんじやくちよう》の小間物屋『紅屋《べにや》』の主の善三郎《ぜんざぶろう》だと分かった。

和馬は、元黒門町の自身番の番人を神田連雀町の小間物屋『紅屋』に走らせた。

「仏の小間物屋の紅屋善三郎と総髪の痩せた侍、どんな拘りがあるのか……」

幸吉は眉をひそめた。

「それに武家の女だ……」

和馬は、総髪の瘦せた侍が尾行ていた武家の女も何らかの拘りがあると読んだ。

「親分、旦那……」

勇次が、自身番にやって来た。

「おう。どうだった……」

「総髪の瘦せた侍、不忍池の畔から明神下の通りに向かったようですぜ」

勇次は報せた。

総髪の瘦せた侍は、明神下の通りから湯島に進んだか、本郷《ほんごう》に行ったか、それとも御徒町《おかちまち》から浅草に向かったか……。

何れにしろ、行き先を読むのは難しい。

「そうか、御苦労だったな」

和馬は、勇次を労った。

「神崎さま、親分さん……」

上野元黒門町の自身番の番人が、お店の初老のお内儀と中年のお店者を連れて来た。

「紅屋のお内儀さんと番頭さんです」

番人は、和馬と幸吉に『紅屋』のお内儀と番頭を引き合わせた。

「そうか。先ずは仏の顔を見て貰おう」

和馬は、お内儀と番頭に仏の身許を見定めさせた。

お内儀は、仏を厳しい面持ちで見詰めた。

「旦那さま……」

中年の番頭は啜り泣いた。

仏は、小間物屋『紅屋』善三郎に間違いなかった。

「紅屋善三郎に違いないか……」

和馬、幸吉、勇次は見定めた。

「それで、善三郎が殺されたのに何か心当たりはないか……」

和馬は、お内儀と番頭に訊いた。

「心当たりと仰られても……」

番頭は、戸惑いを浮かべてお内儀を窺った。

「女ですよ……」

お内儀は云い放った。

「女……」

和馬、幸吉、勇次は、お内儀を見た。

「ええ。主の善三郎は、女遊びが道楽でしてね。きっとお金か何かで揉めて、女の恨みを買って殺されたんですよ」

お内儀は、腹立たし気に告げた。

「お内儀さま……」

番頭は、お内儀を諫めた。

「女遊び、そんなに酷かったのか……」

和馬は尋ねた。

「そりゃあもう。店を私と番頭さんに任せて昼間から遊び歩いて此の態《ざま》ですよ」

お内儀は、善三郎の女遊びに愛想を尽かしているのか、罵った。

「ならば、善三郎を恨んでいる女、知っているのか……」

「恨んでいるかどうかは知りませんが、博奕打ちの貸元の妾に手を出したり、お武家様の御新造を金で買ったり、いろいろしていますからねえ」

お内儀に容赦はなかった。

「和馬の旦那……」

幸吉は、総髪の痩せた侍が尾行ていた武家の女を思い浮かべた。

「うむ。お内儀、お武家の御新造ってのは何処の誰だ」

「さあ。私は知りませんが、番頭さん……」

お内儀は、番頭に話を振った。

「は、はい……」

番頭は困惑した。

「番頭、知っているなら話すのだな」

和馬は、番頭を厳しく見据えた。

下谷練塀小路《ねりべいこうじ》の組屋敷街には、物売りの声が長閑に響いていた。

和馬、幸吉、勇次は、練塀小路を進んで組屋敷街の辻に立ち止まった。

「此の辺りですがね……」

幸吉は、辺りを見廻した。

「ちょいと訊いてきます」

勇次は、練塀小路を行く棒手振《ぼてふ》りの魚屋に駆け寄った。

「小普請《こぶしん》組の牧野隆一郎《まきのりゅういちろう》、御新造は早苗《さなえ》か……」

和馬は、傍らの組屋敷を眺めた。

「ええ。紅屋の番頭の話じゃあ、善三郎は一年前、十日に一度、半年程、御新造の早苗と密会し、金を渡していた……」

幸吉は告げた。

「ああ。十日に一度、半年間逢っていたのは、只の金欲しさかな……」

和馬は首を捻った。

「何かそうしなければならなかった深い訳があった。あっしはそう思いたいもんですよ」

幸吉は、小さな笑みを浮かべた。

総髪の痩せた侍と武家の女は、牧野隆一郎と御新造の早苗なのかもしれない。

和馬と幸吉は読んでいた。

「旦那、親分、牧野さまの組屋敷、此の先だそうです」

勇次が戻って来た。

牧野隆一郎の組屋敷は荒れていた。

板塀の木戸門は傾き、庭の雑草は伸び放題だった。

「牧野さま、牧野さまはお出ででしょうか……」

勇次は、玄関から組屋敷の奥に叫んだ。

「おう。庭に廻ってくれ……」

組屋敷の奥から男の声がした。

「和馬の旦那……」

「いて良かったな……」

和馬は、苦笑して庭先に廻った。

幸吉と勇次は続いた。

居間は酒の臭いに満ちていた。

御家人の牧野隆一郎は、月代と無精髭《ぶしょうひげ》を伸ばし、自堕落な姿で茶碗酒を飲んでいた。

「やあ。お手前が牧野隆一郎どのか……」

和馬は笑い掛けた。

「ああ。おぬしは……」

牧野隆一郎は、酒に酔った赤い眼を和馬たちに向けた。

総髪の痩せた侍ではない……。

和馬は見定めた。

「南町奉行所の神崎和馬だ」

和馬は告げた。

「何用だ……」

「御新造の早苗どのはお出でかな」

和馬は、それとなく居間を窺った。

「早苗……」

牧野は訊き返した。

「うむ……」

「早苗は半年前、隆之介《りゅうのすけ》の後を追って自害をしたよ……」

牧野は苦笑した。

「自害……」

和馬は眉をひそめた。

「ああ。身を売って薬代を稼いでも、病の子の隆之介に死なれれば、虚しく忌まわしい真似に過ぎぬ……」

牧野は酒を飲んだ。

「それで、御新造の早苗どのは、自害をしたのか……」

「ああ。己を恥じ、悔やみ、神を恨んでな」

牧野は、空になった茶碗に一升徳利の酒を注いだ。

一升徳利を持つ手が激しく震え、酒が零れて畳を濡らした。

和馬、幸吉、勇次は、痛ましそうに見守った。


「牧野早苗、自害していたか……」

和馬は、遣り切れない面持ちで出て来た牧野の組屋敷を振り返った。

「ええ。それに牧野隆一郎さん、総髪で痩せちゃあいませんでしたね」

幸吉は、吐息を洩らした。

「ああ。ひょっとしたら、総髪で痩せた侍と武家の女。牧野隆一郎や早苗と同じなのかもしれないな」

和馬は読んだ。

「ええ……」

幸吉は頷いた。

「よし、柳橋の、最初からやり直しだ」

和馬は、厳しさを滲ませた。

小間物屋『紅屋』主の善三郎は、女道楽の果てに恨みを買って殺された。

南町奉行所吟味方与力の秋山久蔵は、和馬の報告を受けて善三郎の死をそう読んだ。

「はい。私と柳橋もそう睨み、善三郎を恨んでいる者の洗い出しと、総髪の瘦せた侍と武家の女を捜しています」

和馬は告げた。

「うむ。して、下谷練塀小路の組屋敷に住んでいる御家人の牧野隆一郎は、御新造の早苗を自害で亡くした後、酒浸りになっているのか……」

久蔵は、厳しい面持ちで訊いた。

「はい。既に身体は酒毒に冒されているようです」

和馬は眉をひそめた。

「そうか……」

「秋山さま、牧野隆一郎が何か……」

「うむ。和馬、牧野隆一郎、暫く見張ってみるのだな……」

「えっ……」

和馬は戸惑った。

「ちょいと気になってな……」

久蔵は眉をひそめた。


神田川の流れに夕陽が映えた。

神田明神門前町の居酒屋『升屋《ますや》』は、既に客で賑わっていた。

居酒屋『升屋』から男たちの悲鳴と怒声が上がった。

血塗れの若侍が、腰高障子を蹴破って外に転がり出て来た。

牧野隆一郎が血に濡れた刀を翳《かざ》し、居酒屋『升屋』から追って出て来た。

「おのれ。何者だ。俺が何をした……」

血塗れの若侍は、悲鳴のように叫んで刀を震わせた。

「黙れ……」

牧野は薄く笑い、酒臭い息を吐きながら血塗れの若侍に迫った。

「おのれ、狼藉者《ろうぜきもの》……」

若い浪人と派手な半纏を着た男が『升屋』から現れ、牧野に襲い掛かった。

牧野は、振り返り態に横薙ぎの一刀を鋭く放った。

派手な半纏を着た男と若い浪人は、胸元を斬られて大きく仰け反り倒れた。

牧野は、血塗れの若い侍を見据えた。

「や、止めろ。た、助けてくれ」

血塗れの若い侍は、声を引き攣らせて必死に命乞いをした。

牧野は嘲笑《ちょうしょう》を浮かべ、血塗れの若侍を真っ向から斬り下げた。

血が飛び散った。

二

神田明神門前町の居酒屋『升屋』で斬り殺された若侍は、柳沢京弥《やなぎさわきょうや》と云う三千石取りの旗本の倅だった。そして、斬られて怪我をしたのは、柳沢京弥の取り巻きの浪人の大賀甚四郎《おおがじんしろう》と遊び人の喜多八《きたはち》だった。

和馬と幸吉たちは、居酒屋『升屋』に駆け付けた。

柳沢京弥は、取り巻きの大賀甚四郎や喜多八と酒を飲んでいた処、不意に月代と無精髭を伸ばした侍に斬り付けられていた。

「月代と無精髭を伸ばした侍か……」

和馬は眉をひそめた。

「ええ……」

幸吉は頷いた。

「柳橋の、まさか……」

「和馬の旦那、そう思って勇次と新八を練塀小路の牧野隆一郎さんの組屋敷に走らせましたよ」

幸吉は告げた。

「そうか。もし、そうだとしたら遅かったか……」

和馬は呟いた。

「和馬の旦那……」

幸吉は、和馬に怪訝な眼を向けた。

「うむ。秋山さまが牧野隆一郎を暫く見張れと仰ったのだが……」

「そうでしたか。ですが、未だ牧野さんだと決まっちゃあいませんから……」

「うむ。処で斬られた柳沢京弥たち、どんな奴らなんだ……」

「そいつが、柳沢京弥の父上ってのが三千石取りの勘定奉行の一人だそうでしてね」

勘定奉行とは幕府の財政や直轄地の行政や訴訟を扱う役目であり、常に四、五人いた。

「そうか、柳沢京弥は勘定奉行の柳沢采女正《うねめのしょう》さまの倅なのか……」

和馬は知った。

「で、そいつを笠に着て、取り巻きを連れて強請集りに無銭飲食、界隈じゃあ、鼻摘みのろくでなしって専らの噂ですぜ」

「じゃあ、恨みか……」

和馬は読んだ。

「おそらく……」

幸吉は頷いた。

「じゃあ、もし月代と無精髭を伸ばした侍が牧野隆一郎だったら、牧野は柳沢京弥を恨んでいた事になるな」

「はい……」

和馬は読んだ。

「で、斬られた浪人の大賀甚四郎と遊び人の喜多八は何と云っているのだ」

「そいつが、月代と無精髭の侍、初めて見た顔で知らない奴だと……」

幸吉は眉をひそめた。

「知らない奴だと……」

和馬は戸惑った。

「はい……」

「間違いないのか……」

「大賀甚四郎と喜多八に別々に訊いたんですが、二人とも口を揃えて知らない奴だと……」

「そうか……」

和馬は頷いた。

「親分……」

新八が戻って来た。

「おお。牧野隆一郎、組屋敷にいたか……」

「そいつがいませんでした」

「いない……」

「はい。それで勇次の兄貴が帰って来るのを待ってみると……」

新八は報せた。

「うん……」

幸吉は頷いた。

「柳橋の。下谷の善三郎殺しと今度の柳沢京弥殺し、何か繋がりがあるのかな……」

和馬は困惑を浮かべた。

神田明神門前町の盛り場には、酔っ払いと酌婦の笑い声が響いた。

「お呼びですか……」

和馬は、久蔵の用部屋を訪れた。

「おう。勘定奉行の柳沢采女正の京弥って倅、昨夜、斬り殺されたそうだな……」

久蔵は、書類を書いていた筆を置いて振り返った。

「はい。神田明神門前町の居酒屋で素性の知れぬ侍に、取り巻きの浪人や遊び人と……」

「恨みか喧嘩か……」

「いきなり斬り付けられたそうですから、恨みだと思います」

「そうか。柳沢采女正、倅の京弥の所業を詳しく調べられて柳沢の家に累《るい》が及ぶのを恐れ、目付に何事も穏便に始末するように申し入れたそうだ」

久蔵は、冷ややかな笑みを浮かべた。

「ならば、南町奉行所も……」

和馬は読んだ。

「いや。南町奉行所はいつも通りだ」

「では……」

「うん。斬られたのは柳沢京弥だけじゃない。浪人と遊び人も深手を負っているのだ。斬った野郎を野放しには出来ない」

「心得ました」

「して、柳沢京弥を斬ったのは、どんな奴なのだ」

「そいつが、人相風体は牧野隆一郎と……」

「似ているのか……」

「はい。柳橋が直ぐに勇次たちを走らせたのですが、練塀小路の組屋敷にはいませんでした」

「そうか……」

「うん。紅屋の善三郎殺しと柳沢京弥殺し、ひょっとしたらひょっとするな……」

「秋山さま……」

久蔵は眉をひそめた。

御家人牧野隆一郎は、組屋敷に帰って来なかった。

幸吉は、見張りを勇次から雲海坊に代えた。

そして、勇次と新八に善三郎殺しに拘る総髪の痩せた侍と武家の女を捜させ、由松と清吉に柳沢京弥の所業と恨んでいる者の割り出しを命じた。

勇次と新八の探索にも拘わらず、善三郎の身辺に総髪の痩せた侍と武家の女が浮かぶ事はなかった。

由松と清吉は、柳沢京弥を恨んでいる者の割り出しを急いだ。だが、京弥を恨んでいる者の中に御家人の牧野隆一郎はいなかった。

「そうか。柳沢京弥を恨んでいる者に牧野隆一郎はいないのか……」

和馬は眉をひそめた。

「ええ。牧野隆一郎さんが恨んでいるとしたら、柳沢京弥より紅屋の善三郎です」

幸吉は読んだ。

「だが、柳沢京弥を斬った奴の人相風体は牧野隆一郎だし、組屋敷に戻らない処をみると拘りがないとは云えぬと思うが……」

「和馬の旦那。もしそうなら、総髪の瘦せた侍と武家の女は柳沢京弥殺しに拘りがあるんですかね」

「柳沢京弥を恨んでいる者の中に総髪の瘦せた侍と武家の女がいるかどうかだな……」

和馬は首を捻った。

「ええ……」

「よし。柳沢京弥を恨んでいる者を詳しく調べてみるか……」

和馬と幸吉は、柳沢京弥と一緒に斬られて深手を負った浪人の大賀甚四郎と喜多八に詳しく訊く事にした。

和馬と幸吉は、大賀甚四郎と喜多八が傷の治療をしている町医者の家を訪れた。

「柳沢京弥を恨んでいる奴は、思い出す限り、もう話した……」

蒲団に横たわった大賀甚四郎は、斬られた胸の傷が痛むのか顔を歪めた。

「うむ。その中に総髪の瘦せた侍と武家の女がいなかったか、もう一度良く思い出してみてくれ……」

和馬は告げた。

「総髪の瘦せた侍と武家の女……」

大賀甚四郎は、布団に横たわったまま眼を瞑った。

和馬と幸吉は待った。

しかし、大賀甚四郎は、柳沢京弥を恨む者の中に総髪の瘦せた侍と武家の女を思い出す事はなかった。

和馬と幸吉は、遊び人の喜多八にも尋ねた。

喜多八も大賀甚四郎同様、総髪の瘦せた侍と武家の女に関して何も知らなかった。

「総髪の瘦せた侍と武家の女、やっぱり柳沢京弥殺しには拘りないのですかね」

幸吉は、深々と溜息を吐いた。

「いや。未だそうとは言い切れねえさ」

和馬は苦笑した。

勇次と新八は、小間物屋『紅屋』善三郎の女関係を中年の番頭に訊いた。

中年の番頭は、云い難《にく》そうに知っている事を語った。

善三郎の女道楽は、小娘から後家さん迄幅広かった。

「幅広いと云うより、見境なしだ」

勇次は吐き棄てた。

「それも、金に困っている女が殆《ほとん》どですね」

新八は、善三郎と情を交わした女たちの殆どが金が目当てだと知った。

「ああ。そうじゃなければ、付き合いはしねえだろう」

「善三郎、金で横っ面を張っての事なら、恨みも買っていますか……」

新八は眉をひそめた。

「きっとな。御家人の牧野隆一郎の御新造さんも子供の薬代欲しさに付き合ったらしいが、随分と嫌な思いをしたんだろうな」

勇次は読んだ。

「ですが、善三郎を殺したのが、牧野隆一郎じゃないのは確かなんですよね」

「ああ。他にもいるんだぜ、殺したい程、恨んでいる奴は……」

そして、善三郎を恨んでいる者は、総髪の痩せた侍と武家の女に拘りがあるのだ。

勇次と新八は、善三郎を恨んでいて総髪の痩せた侍や武家の女と拘りのある者を捜した。

柳沢京弥は、十八歳の若者でありながら恨みを人一倍買っていた。

由松と清吉は、京弥の遊び仲間の若侍に聞き込みを掛けた。

「ああ。柳沢京弥は取り巻きを連れて飲み食いしたり、欲しい物を買っては、勘定は屋敷に取りに来いだ」

遊び仲間の若侍は苦笑した。

「勘定は屋敷に取りに来い……」

由松は眉をひそめた。

「ああ。だが、勘定奉行の屋敷に勘定を取り立てに行く商人などは滅多にいない」

「そいつが狙いですか……」

由松は嘲りを浮かべた。

「うん。本当に小狡《こずる》い奴だったぜ」

遊び仲間の若侍は呆れた。

「無銭飲食や踏み倒しの他に、強請集りや騙り紛《かた》いの真似もしていたと聞きましたが……」

清吉は尋ねた。

「ああ。餓鬼の頃から汚くて悪知恵の働く奴でな、都合が悪くなったら何でも他人の所為《せい》にする卑怯者《ひきようもの》だ」

「へえ、本当に嫌な野郎ですね……」

清吉は、由松に笑い掛けた。

「ああ。餓鬼の頃から何でも他人の所為にする卑怯者か……」

由松は、厳しさを過らせた。

「それで、京弥さんを斬った月代と無精髭を伸ばした侍に心当たりは……」

清吉は訊いた。

「月代と無精髭を伸ばした貧乏侍、京弥が一番拘らない奴だよ」

遊び仲間の若侍は笑った。

「じゃあ、知りませんか……」

「ああ……」

若侍は頷いた。

「処で京弥さんは餓鬼の頃から都合の悪いことは他人の所為にする卑怯者だそうですが、どんな事があったのですか……」

由松は尋ねた。

「うん。五年前だったか、京弥の奴、町方の娘を手籠《てご》めにして、その罪を学問所仲間に擦《なす》り付けてな……」

「それで……」

若侍は、思い出すように告げた。

由松は話の先を促した。

「うん。罪を擦り付けられた者は学問所を追われた。気の毒に……」

「で、その方の名前は……」

「さあて、何と云ったかな……」

若侍は、京弥に罪を擦り付けられた学問所仲間の名前を憶えてはいなかった。

「そうですか……」

由松は、聞き込みを切り上げた。

下谷練塀小路の組屋敷に牧野隆一郎は戻って来なかった。

雲海坊は、斜向かいの組屋敷の家作を借りて見張り続けていた。

牧野隆一郎は、もう組屋敷に戻って来ないのかもしれない……。

雲海坊は、不意にそう思った。

練塀小路に赤ん坊の泣き声が響き始めた。


総髪の痩せた侍と武家の女、御家人の牧野隆一郎は見付からなかった。

小間物屋『紅屋』善三郎殺しと柳沢京弥殺しの探索は行き詰った。

「そうか、行き詰ったか……」

久蔵は苦笑した。

「はい。善三郎を恨んでいる者に私たちの見た総髪の痩せた侍と武家の女はいなく、姿を消した牧野隆一郎に柳沢京弥を斬る理由はありません……」

和馬は、微かな苛立ちを過らせた。

「そうか……」

「はい……」

和馬は、悔し気に頷いた。

「和馬、逆に考えてみたらどうなる……」

「逆ですか……」

和馬は戸惑った。

「ああ。善三郎殺しに牧野隆一郎、柳沢京弥殺しに総髪の痩せた侍と武家の女は拘ってはいないか……」

久蔵は、和馬を見据えた。

「牧野隆一郎は、御新造絡みで善三郎を恨んでいますが……」

和馬は読んだ。

「うむ……」

久蔵は頷いた。

「分かりました。柳沢京弥を恨んでいる者の中に総髪の痩せた侍と武家の女がいないか調べてみます」

和馬は、久蔵の用部屋を足早に出て行った。

「さあて、睨み通りかどうか……」

久蔵は眉をひそめた。

庭の木洩れ日は揺れた。

和馬と幸吉は、由松、勇次、新八、清吉を船宿『笹舟』に呼び集めた。

「皆、久し振りに一息入れてくれ」

幸吉は、酒と料理を振舞った。

和馬、幸吉、由松、勇次、新八、清吉は酒を飲み、料理を食べた。

「皆、毎日、苦労を掛けているが……」

和馬は、猪口の酒を飲み干した。

「どうやら、小間物屋の紅屋善三郎殺しと柳沢京弥殺しは行き詰ったようだ」

和馬は苦笑した。

「はい……」

幸吉は頷いた。

由松、勇次、新八、清吉は、箸を止め、猪口を置いた。

「そこでだ。秋山さまが、逆に考えてみろと仰った……」

和馬は告げた。

「逆ですか……」

勇次は尋ねた。

「うむ。小間物屋紅屋善三郎殺しに御家人の牧野隆一郎、柳沢京弥殺しに総髪の痩せた侍と武家の女がそれぞれ拘っていないかだ」

和馬は説明した。

「確かに牧野隆一郎は、紅屋善三郎が殺された時、現場にはいなかったが、自害した御新造絡みで善三郎を恨んでいる……」

幸吉は眉をひそめた。

「うん。そいつと同じように総髪の痩せた侍と武家の女は、柳沢京弥が牧野隆一郎に殺された現場にはいなかったが、恨んでいたのかもしれない……」

和馬は読んだ。

「和馬の旦那、って事は……」

勇次は眉をひそめた。

「うん。もし、総髪の痩せた侍と武家の女が柳沢京弥を恨んでいたとしたら……」

「殺す相手を取り換えた……」

幸吉は読んだ。

「成る程、そうすれば、恨みを持つ者と殺した者が繋がらず、探索を混乱させる眼晦《めくら》ましになりますか……」

由松は、小さく笑った。

「ああ。違うかな……」

和馬は頷き、手酌で酒を飲んだ。

「よし。皆、明日からその線で探索を進めてみてくれ」

幸吉は命じた。

三

下谷練塀小路には、行商人の売り声が長閑に響いていた。

幸吉は、酒と料理を持って雲海坊の許を訪れた。

「そうか。牧野隆一郎、帰って来ないか……」

幸吉は、板塀越しに屋根の見える牧野隆一郎の組屋敷を一瞥した。

「ああ……」

雲海坊は、酒を飲んで料理を食べた。

「それでな、雲海坊……」

「何だい……」

「うん……」

幸吉は、牧野隆一郎が小間物屋『紅屋』善三郎を、総髪の瘦せた侍と武家の女が柳沢京弥をそれぞれ恨んでおり、取り換えて殺したのではないかと云う睨みを告げた。

「成る程、あり得るな……」

雲海坊は頷いた。

「雲海坊もそう思うか……」

「ああ。それから幸吉っつあん……」

雲海坊は、幸吉と二人だけの時は、弥平次《やへいじ》の許で一緒に働いていた時のように名を呼んでいた。

「何だい……」

「牧野隆一郎、おそらく組屋敷には帰って来ないかもな……」

「どうしてだ……」

「昨日、ちょいと牧野の組屋敷に忍び込んでみたんだが、位牌がないんだよ」

「位牌……」

幸吉は眉をひそめた。

「ああ。自害した御新造と病で亡くなったと云う一人息子の位牌、家の何処にもないんだ」

雲海坊は、料理を食べる箸を止めて告げた。

「じゃあ、牧野が御新造と倅の位牌を持って出掛けているって事か……」

「ああ。そいつは二度と組屋敷に戻るつもりがないからと違うかな……」

雲海坊は、厳しい面持ちで読んだ。


勇次と新八は、小間物屋『紅屋』の番頭に善三郎と牧野隆一郎の御新造早苗との拘りを詳しく訊いた。

「は、はい。手前も良くは存じませんが、早苗さまは病のお子様の薬代が欲しさに、旦那さまに身を売ったそうです。それから旦那さまは十日に一度は逢い、お金を渡していたそうですが、半年程過ぎた頃、病のお子様が亡くなったそうです。で、早苗さまは後を追って御自害をされたと……」

番頭は告げた。

「で、牧野隆一郎は、善三郎を恨んだ……」

勇次は、微かな戸惑いを覚えた。

「ですが、早苗さまは御自分から旦那さまに身を売り、その後も逢い、お金を貰っていたのです。旦那さまが恨まれる筋合いではないかと……」

番頭は、不服気に告げた。

「勇次の兄貴、あっしも番頭さんの云う通り、御新造が自害した事で牧野隆一郎が善三郎を恨むのは筋違いだと思いますがね」

新八は眉をひそめた。

「うん。俺もそう思う。だが、牧野隆一郎は恨んでいる。ひょっとしたら、もっと恨む何かがあるのかもしれない」

勇次は読んだ。

「ええ……」

「とにかく、牧野隆一郎を詳しく調べてみるしかないな……」

勇次と新八は、下谷練塀小路の牧野隆一郎と親しかった者を訪ねる事にした。

由松と清吉は、柳沢京弥の悪行を恨む者の中に総髪の痩せた武士と武家の女を捜した。だが、京弥を恨む者の多くは、若い侍か町方の者が多く、総髪の痩せた侍や武家の女は浮かばなかった。

「いませんね、総髪の痩せた侍と武家の女……」

清吉は、吐息を洩らした。

「ああ、清吉。京弥は五年前、町方の娘を手籠めにして、その罪を学問所仲間に擦り付けたって話を聞いたな……」

由松は、厳しさを滲ませた。

「ええ。で、罪を擦り付けられた学問所仲間は学問所を追われたって話ですね」

清吉は頷いた。

「うん。その時、罪を擦り付けられた学問所仲間が何処の誰か調べてみよう」

由松は決めた。

「はい……」

由松と清吉は、京弥の学問所仲間に訊き込みを続けた。

浅草今戸町は隅田川沿いに続く町であり、多くの寺が甍《いらか》を連ねていた。

幸吉と雲海坊は、連なる寺の一軒を訪れた。

「宝光寺《ほうこうじ》、此処だな。牧野家の菩提寺は……」

雲海坊は、古い寺の山門に掲げられた扁額《へんがく》を読んだ。

「うん……」

幸吉は頷き、雲海坊と共に宝光寺の山門を潜った。


宝光寺住職の宗念《そうねん》は、幸吉と雲海坊を庫裏に迎えた。

「御家人の牧野隆一郎さんなら昨日、お見えになりましたよ」

宗念は告げた。

「来ましたか……」

幸吉と雲海坊は、漸く牧野隆一郎の足取りの欠片《かけら》に辿り着いた。

「ええ。で、御新造の早苗さんと倅の隆之介さんの永代供養料を置いて行きましたよ」

「永代供養料……」

幸吉と雲海坊は、思わず顔を見合わせた。

「ええ。憑《つ》き物でも落ちたようなこざっぱりとした形で……」

宗念は告げた。

「酒は、酒は飲んでいなかったのですか……」

幸吉は、酒に酔った眼をした荒《すさ》んだ面持ちの牧野隆一郎を思い出した。

「うむ。酒は飲んでいなかった……」

宗念は微笑んだ。

「そうですか……」

「それで宗念さま、牧野隆一郎さん、此れからどうするか云っていませんでしたか……」

雲海坊は訊いた。

「さあて、何も云ってはいなかったが……」

宗念は眉をひそめた。


御家人牧野隆一郎は、憑き物が落ちた風情で宝光寺に現れ、妻子の永代供養料を置いて姿を消した。

幸吉と雲海坊は、牧野隆一郎が姿を消して何をするつもりなのか気になった。

「憑き物でも落ちたような形か……」

幸吉は眉をひそめた。

「うん。そして、亡くなった妻子の永代供養料を置いて行った。幸吉っつあん、牧野隆一郎、何か覚悟を決めたのかもしれないな」

雲海坊は読んだ。

「うん。雲海坊、牧野隆一郎の事を和馬の旦那に報せて来るぜ……」

幸吉は、緊張を滲ませた。

「ああ。そいつが良いな」

雲海坊は頷いた。

宝光寺からは、住職宗念の読む経が聞こえて来た。


由松と清吉は、五年前に町娘を手籠めにしたとして学問所を放逐《ほうちく》された者を捜した。

浅原紀《あさはらき》一郎《いちろう》……。

由松と清吉は、町娘を手籠めにしたとして学問所を追放された者の名を知った。

浅原紀一郎こそが、柳沢京弥に町娘手籠めの罪を擦り付けられた者だった。

浅原紀一郎は、本郷御弓町《おゆみちよう》に屋敷のある百五十石取りの御家人浅原左内《さない》の一人息子だった。

由松と清吉は、本郷御弓町に急いだ。

本郷御弓町の武家屋敷街は静かだった。

由松と清吉は、聞いて来た場所に浅原屋敷を探した。しかし、本郷御弓町の何処にも浅原左内の屋敷はなかった。

由松と清吉は、戸惑いながらも辺りの屋敷の奉公人や出入りの商人に聞き込みを掛けた。

「えっ。浅原左内さまの御屋敷ですか……」

旗本屋敷の門前を掃除していた老下男は、戸惑いを浮かべた。

「うん。この界隈にあると聞いてきたんだが、知らないかな……」

由松は、連なる武家屋敷を眺めた。

「浅原さまなら去年、扶持米《ふちまい》をお返しになって立ち退かれましたよ」

老下男は、戸惑いを浮かべた。

「扶持米を返して立ち退いた……」

清吉は驚いた。

「ええ……」

「立ち退いて何処に行ったのかは……」

由松は尋ねた。

「さあて、聞いた覚えはあるんだが、何処だったかな……」

老下男は首を捻った。

「覚えていませんか……」

「ああ……」

老下男は、申し訳なさそうに頷いた。

「そうですかい。で、扶持米を返したってのは、浪人になったのですか……」

「うちの旦那さまのお話じゃあ、そうらしいですよ」

「浪人にねえ……」

由松は戸惑った。

直参御家人が百五十石の扶持米を返し、浪人するのは大変な事だ。

「ああ。浅原さま、一人息子の紀一郎さんが五年前、町娘を手籠めにしたと咎められましてね。紀一郎さんは無実だ、拘りないと云い張ったのですが、学問所を追い出されましてねえ……」

「紀一郎さんってのは、どんな人ですか……」

清吉は尋ねた。

「そりゃあもう、真面目な学問好きでしてね。あっしたち奉公人にもきちんと挨拶をする穏やかな人柄で、とても町娘を手籠めにするような子じゃありませんよ。それなのに……」

老下男は、紀一郎に同情した。

浅原紀一郎は、柳沢京弥に町娘手籠めの罪を擦り付けられた。その背後には、三千石取りの勘定奉行の柳沢采女正の隠然たる力が及んでいたのかもしれない。

汚ねえ……。

由松は、怒りを覚えた。

「で、紀一郎さんは……」

「心の病ですか、毎日何かを思い詰め、急に泣いたり、喚いたり、暴れたりして……」

「乱心したんですか……」

「ああ、お気の毒に。それで、浅原さまが座敷牢を作られ、泣く泣く紀一郎さんを閉じ込めて……」

浅原紀一郎は、柳沢京弥に町娘手籠めの罪を擦り付けられて心を病み、乱心した。

由松は、父親左内の辛い気持ちに同情した。

「その紀一郎さんが去年の春に亡くなり、浅原さまは扶持米を返し、御新造のお妙《たえ》さまと立ち退いていかれたのですよ」

老下男は、吐息混じりに告げた。

「酷い話ですね」

清吉は眉をひそめた。

「ああ……」

総髪の痩せた侍と武家の女は、浅原左内と御新造の妙なのだ。

由松は見極めた。

「それで、浅原さまの引っ越し先、未だ思い出せませんか……」

由松は訊いた。

「そう云えば、向島《むこうじま》だったかもしれないな」

老下男は告げた。

「向島……」

由松は訊き返した。

「ああ。確か向島の寺島村《てらじまむら》に知り合いがいるとか云っていたと思うから、うん……」

老下男は、己の言葉に頷いた。

由松と清吉は、漸く総髪の痩せた侍と武家の女の素性と行方を摑んだ。

本所竪川《ほんじょたてかわ》には、荷船の船頭の歌う唄が長閑に響いていた。

勇次と新八は、大川に架かっている両国橋を渡り、本所竪川沿いを東に進み、二つ目之橋の北詰を北に曲がった。

北には本所南割下水《みなみわりげすい》があり、旗本御家人の組屋敷が連なっていた。

勇次と新八は、牧野隆一郎と親しい友人が本所南割下水にいるのを知った。

御家人の宮田《みやた》主水《もんど》……。

勇次と新八は、牧野の幼馴染の友である御家人の宮田主水を訪ねた。

「牧野隆一郎か……」

宮田主水は眉をひそめた。

「ええ。牧野さま、お子の隆之介さまに続いて御新造さまを亡くされてから人が変わったそうですが、何があったか御存知ですか……」

勇次は尋ねた。

「牧野、何かしたのか……」

宮田は訊き返した。

「はい。柳沢京弥さまと云う方を斬り殺して姿を消しました」

勇次は告げた。

「柳沢京弥……」

宮田は眉をひそめた。

「はい……」

「斬った相手、善三郎と申す小間物屋ではないのか……」

宮田は、小間物屋『紅屋』善三郎を知っていた。

「いえ。違います。ですが、宮田さまは牧野さまがどうして小間物屋の善三郎を斬ると……」

「小間物屋の善三郎、陰で御新造を男好きの女郎と蔑《さげす》み、牧野を役立たずの能無しと侮り、罵ったそうだ……」

宮田は、腹立たし気に告げた。

「そんな事を……」

勇次は眉をひそめた。

「ああ……」

「でも、御新造さんは子供の薬代の為に……」

新八は、腹立たしさを滲ませた。

「だから、牧野が人を斬ったと聞き、てっきり小間物屋の善三郎だと思った」

宮田は、哀し気に告げた。

「宮田さま……」

「お前たちが牧野を追うのは役目だから仕方がない。だが、俺は牧野が何処にいるかは知らぬ。もし、知っていても……」

「教えませんか……」

「うむ。済まぬな……」

宮田は詫びた。

「いいえ。お蔭様であっしたちも、牧野さまに善三郎を恨んで斬る立派な訳があるのを知りましたよ」

勇次は告げた。

「そうか。それは良かった……」

宮田は、淋しそうに笑った。

南割下水の澱みは西日に煌めいた。

「総髪の痩せた侍と武家の女は、浅原左内と御新造の妙に間違いなく、柳沢京弥を殺したい程に恨む理由があったか……」

燭台《しょくだい》の火は揺れた。

久蔵は、幸吉の報告を聞いた。

「はい……」

幸吉は頷いた。

「して、由松と清吉はどうした」

「向島の寺島村に……」

「そうか……」

「それから秋山さま、牧野隆一郎さまが小間物屋の紅屋善三郎を殺したい程、恨んでいる訳、勇次たちが摑んで来ました」

「どんな訳だ……」

「はい……」

幸吉は、善三郎が牧野隆一郎と早苗を陰でどう云っていたか告げた。

「男好きの女郎と役立たずの能無しか……」

久蔵は呟いた。

「はい……」

「秋山さま、それで牧野隆一郎さまは菩提寺に妻子の永代供養料を置いていったそうです。江戸から逃げたのかもしれません」

和馬は読んだ。

「うむ。何れにしろ、浅原左内と妙夫婦と牧野隆一郎は、互いに殺したい者を取り換えて殺したのは間違いないか……」

久蔵は睨んだ。

「はい……」

和馬と幸吉は頷いた。

「分からないのは、浅原夫婦と牧野の拘りだ。な……」

「はい……」

「ま、そいつも浅原夫婦か牧野を捕らえれば分かる事か……」

「左様かと……」

「よし。柳橋の、向島は寺島村に浅原左内と妙を捜し出せ。和馬、牧野隆一郎の行方を追え……」

久蔵は命じた。

「心得ました」

和馬と幸吉は、久蔵の用部屋を後にした。

「取り換えか、面倒な真似をしやがる……」

久蔵は苦笑した。

燭台の火は瞬いた。

四

和馬は、勇次や新八と牧野隆一郎の行方を追った。

高輪《たかなわ》、四ツ谷、千住《せんじゅ》、板橋の大木戸《おおきど》に牧野隆一郎の人相書を廻した。だが、牧野は何処の大木戸にも現れていなかった。

大木戸を通らなくても江戸からは出られる。

和馬、勇次、新八は、牧野隆一郎の足取りを捜した。

隅田川の流れは深緑色だった。

幸吉は、雲海坊、由松、清吉と向島寺島村に急ぎ、浅原左内と妙の夫婦を捜し始めた。

向島寺島村の田畑は広く、何処までも続く緑は微風に揺れていた。

「去年、引っ越して来た浪人夫婦か……」

船宿『笹舟』の隠居の弥平次は、白髪眉をひそめた。

「はい。年の頃は五十前後の夫婦ですが、御存知ありませんか……」

幸吉は尋ねた。

「さあて、向島の寺島村と云っても広いからな。おまき、お前はしらないか……」

弥平次は、傍らで茶を淹れている老妻のおまきに訊いた。

「さあ、私も良く分からないから、時々野菜や川魚を売りに来るお百姓の梅吉《うめきち》さんに訊いてみたらどうですか、どうぞ……」

おまきは、弥平次にそう云って幸吉に茶を出した。

「御造作をお掛けします。お百姓の梅吉さんですか……」

幸吉は茶を啜った。

「ええ……」

「そうだな。梅吉さんに訊けば分かるかもしれないな」

弥平次は頷いた。

「梅吉さんの家、何処ですか……」

幸吉は、一刻も早く百姓の梅吉に訊くべきだと判断した。

「よし。俺が案内してやるぜ……」

弥平次は、身軽に立ち上がった。


向島寺島村の広い田畑の中に、百姓梅吉の家はあった。

幸吉は、弥平次に誘われて梅吉の家を訪れた。

梅吉は、井戸端で採り入れた野菜を洗っていた。

「こりゃあ、弥平次の御隠居さん……」

梅吉は、弥平次と幸吉を迎えた。

「やあ。梅吉さん、こっちは柳橋の幸吉。お上の十手を預かっている私の娘婿《むすめむこ》だ」

弥平次は、梅吉に幸吉を引き合わせた。

「こりゃあ、柳橋の二代目ですか……」

梅吉は、幸吉に笑顔を向けた。

「うちのお父っつあんとおっ母さんがお世話になっているそうで、お礼を申しますよ」

「いいえ。お礼を云うのはこっちの方でして、で、何か御用ですかい……」

「ええ。去年、此の辺りに五十歳前後の浪人夫婦が引っ越して来た筈なんですが、御存知ありませんか……」

幸吉は尋ねた。

「ああ。左内の旦那と御新造さんですか……」

梅吉は、浅原左内と妙を知っていた。

「知っていますか……」

「ええ……」

「家は何処です……」

幸吉は、思わず身を乗り出した。

隅田川支流の綾瀬川《あやせがわ》近くの百姓家……。

浅原左内と妻の妙は、空き家だった小さな百姓家に住み着いていた。

幸吉と弥平次は、小さな百姓家を窺った。

小さな百姓家の井戸端では、百姓姿の女が洗い物をしていた。

百姓姿の女は、小間物屋『紅屋』善三郎が殺された時にいた武家の女、浅原妙だった。

「どうだ……」

弥平次は囁いた。

「間違いありません。浅原妙さんです」

幸吉は見定めた。

「そうか。で、どうする……」

弥平次は、幸吉の出方を窺った。

「はい。秋山さまにお報せして見張ります」

「うん。そいつが良いな……」

弥平次は頷いた。

幸吉は、清吉を久蔵の許に走らせ、雲海坊、由松、弥平次と小さな百姓家を見張った。

浅原左内と妙は、家の傍の小さな畑で野良仕事をした。

穏やかで長閑な光景だった。

幸吉、雲海坊、由松は、小さな吐息を洩らした。

「幸吉、此奴は気の進まない辛い捕り物のようだな……」

弥平次は、幸吉、雲海坊、由松の腹の内を読んだ。

「ええ、まあ……」

幸吉は、淋し気な笑みを浮かべた。


幸吉の報せを受けた久蔵は、清吉を従えて南町奉行所を出た。

日本橋から両国広小路、そして浅草広小路に抜け、大川に架かっている吾妻橋《あづまばし》を渡り、向島に行く。

久蔵と清吉は急いだ。

誰かが尾行てくる……。

久蔵は、己を見詰める視線を感じていた。

視線は、南町奉行所を出た時から続いていた。

何者だ……。

久蔵は、尾行て来るのが何者か想いを巡らせながら先を急いだ。

両国広小路から神田川に架かっている浅草御門を渡り、浅草広小路に出て吾妻橋に向かった。

殺気……。

久蔵は、吾妻橋に向かった時、背後からの殺気を感じた。

尾行て来る者からの殺気……。

久蔵は読んだ。

尾行て来る者の殺気は、浅草広小路から吾妻橋に向かった時に初めて放たれた。

それは、久蔵が吾妻橋を渡って向島に行くと気が付いたからなのだ。

ひょっとしたら尾行て来る者は……。

久蔵は、尾行て来る者が誰か読みながら吾妻橋を渡り、向島に進んだ。

殺気は強まった。

尾行て来る者は、俺が向島に行くのを快く思っていない……。

久蔵は、水戸藩江戸下屋敷の前を通り、向島の土手道に進んだ。
尾行て来る者の殺気は、消える事はなかった。
隅田川を吹き抜けた風は、向島の土手道の桜並木の葉を揺らした。
久蔵は、清吉を従えて土手道を進んだ。
尾行て来る者の殺気は迫った。
「清吉、先に行け……」
久蔵は囁いた。
「えっ。はい……」
清吉は、頷くような会釈をして足取りを速めた。
久蔵は立ち止まった。
尾行て来た者も、殺気を放ちながら立ち止まった。
隅田川から吹く風は、久蔵の鬢《びん》の解《ほつ》れ毛を揺らした。
久蔵は、ゆっくりと振り返った。
編笠を被った侍が佇んでいた。
南町奉行所から尾行て来て、殺気を放った者だ。

久蔵は見定めた。

「牧野隆一郎か……」

久蔵は、編笠を被った侍を見据えた。

侍は編笠を取った。

「如何にも、牧野隆一郎だ……」

編笠を取った侍は名乗った。

久蔵は、睨み通り牧野隆一郎だったのに苦笑した。

「柳沢京弥を斬り殺したのを認め、名乗り出て来たか……」

「ああ。私は柳沢京弥と小間物屋紅屋善三郎を殺した……」

牧野は、小さく笑った。

「牧野、おぬしが柳沢京弥を斬り棄てたのは見ていた者もいるので間違いないだろう。だが、紅屋善三郎を刺殺したのは、おぬしではない……」

久蔵は眉をひそめた。

「いや。私は妻の早苗を金で買い、男好きの女郎だと蔑んだ善三郎を憎み、殺したのだ」

牧野は、静かな怒りを滲ませた。

「いや、善三郎は、おぬしに代わって浅原左内と妙夫婦が刺し殺した。おぬしが浅原夫婦に代わって柳沢京弥を斬り殺したように……」

久蔵は読んだ。

「秋山どの……」

牧野は、久蔵が事の真相に気が付いているのを知り、微かに動揺した。

「倅紀一郎に町娘手籠めの罪を着せ、死に追い込んだ柳沢京弥を恨んでいるのは、浅原左内と妙夫婦。おぬしと浅原夫婦は、互いに恨む相手を取り換えて殺した。そうだな……」

久蔵は、牧野を厳しく見据えた。

「秋山どの、何故、我らがそのような面倒な真似をしなければならないのだ……」

牧野は苦笑した。

「探索を混乱させ、事件を御宮入りにさせる為、違うかな……」

久蔵は睨んだ。

牧野は狼狽え、何もかも見抜いている久蔵に苛立った。

「秋山どの、善三郎や柳沢京弥のような奴らに大切な者を奪われた哀しみと悔しさ、分かるか……」

牧野は顔を歪めた。

「牧野……」

「恨みを晴らし、何事もなかったかのように暮らし続ける。そいつが残された者にとって細《ささ》やかな意地……」

「細やかな意地……」

「如何にも。秋山どの、小間物屋紅屋善三郎と柳沢京弥を殺したのは、此の牧野隆一郎だ」

牧野は、抜き打ちの一刀を放った。

久蔵は、鋭く踏み込みながら刀を横薙ぎに一閃した。

閃光が交錯した。

桜の木々の葉が風に揺れ、音を鳴らした。

久蔵と牧野は、残心の構えを取った。

牧野は、胸元に血を滲ませて崩れた。

久蔵は、残心の構えを解き、刀に拭いを掛けて鞘に納めた。

「あ、秋山どの……」

牧野は、苦しい嗄れ声で久蔵を呼んだ。

「牧野……」

「善三郎と柳沢京弥を殺したのは私だ……」

牧野は、必死に告げた。

「牧野、おぬしと浅原左内は、どのような拘りなのだ」

久蔵は尋ねた。

「私は子供の頃、剣術道場で良く苛《いじ》められてな。いつも庇って助けてくれたのが浅原左内さんだ……」

牧野は、懐かしそうな笑みを浮かべた。

「そうか。幼馴染か……」

久蔵は知った。

「秋山どの、頼む……」

牧野は、必死な面持ちで久蔵に訴えた。

「分かった。安心しろ……」

久蔵は告げた。

「か、忝い……」

牧野は、安心したように息を引き取った。

懐から袱紗《ふくさ》包みが落ちた。

久蔵は、袱紗包みを拾って開けた。

袱紗の中には、妻の早苗と幼子の位牌が入っていた。

「牧野……」

久蔵は、絶命した牧野隆一郎に手を合わせた。

牧野隆一郎は、善三郎と柳沢京弥を殺した罪のすべてを背負って死ぬ覚悟で久蔵を尾行し、斬り掛かったのだ。

久蔵は、牧野を哀れんだ。

「秋山さま……」

幸吉が、土手道の下から現れた。

「聞いていたか……」

「はい、途中からですが……」

「そうか。して、柳橋はどう思う……」

「柳沢京弥と善三郎を殺したのは牧野隆一郎さん。それで良いのかと……」

幸吉は告げた。

「うむ……」

久蔵は頷いた。

隅田川の流れは煌めき、様々な船が行き交っていた。

綾瀬川近くの百姓家の裏の畑では、百姓姿の浅原左内と妙が野良仕事をしていた。

雲海坊、由松、清吉、弥平次は見張り続けていた。

久蔵が、幸吉に誘われて来た。

「秋山さま……」

弥平次、雲海坊、由松、清吉は、久蔵を迎えた。

「やあ。御隠居も出張っていたか、造作を掛けるな……」

久蔵は、弥平次を労った。

「はい。畏れ入ります。宜《よろ》しければ、帰りにお立ち寄りください」

弥平次は笑い掛けた。

「うむ……」

「秋山さま、浅原左内さんと御新造のお妙さんです……」

幸吉は、野良仕事をしている浅原左内と妙を示した。

「うむ。皆、牧野隆一郎が小間物屋紅屋善三郎と柳沢京弥を殺したのを認め、俺に斬り掛かって来た故、斬り棄てた」

久蔵は報せた。

「じゃあ、此の一件は……」

由松は眉をひそめた。

「終わった……」

久蔵は、小間物屋『紅屋』善三郎と柳沢京弥殺しが落着したと告げた。

「そいつは良かった。南無阿弥陀仏……」

雲海坊は経を呟いた。

「それで、浅原左内と妙に逢う……」

久蔵は、野良仕事をしている浅原左内と妙を見詰めた。

浅原左内と妙は、訪れた久蔵を凝然《ぎょうぜん》と見詰めた。

「牧野隆一郎が死んだ……」

浅原は呟いた。

「うむ。小間物屋紅屋善三郎と柳沢京弥を殺したのを認めてな……」

久蔵は告げた。

「秋山どの……」

「それで、善三郎と柳沢京弥殺しは落着した」

「お前さま……」

「あ、秋山どの、それは違う。牧野は……」

浅原と妙は狼狽えた。

「ついては頼みがある……」

久蔵は遮った。

「頼み……」

浅原は戸惑った。

「左様。牧野隆一郎、御新造は既に亡くなり、親戚との付き合いは途絶えている。叶うものなら牧野隆一郎の遺体、幼馴染の誼《よしみ》で引き取り、菩提を弔ってやっては頂けぬか……」

久蔵は頼んだ。

「秋山どの……」

「浅原さん、牧野隆一郎、妻子と一緒に末永く供養してやって欲しい。此の通り、頼む」

久蔵は、二つの位牌を差し出して浅原と妙に頭を下げた。

そして、幸吉、雲海坊、由松、清吉が牧野隆一郎の遺体を運んで来た。

浅原左内と妙は、牧野隆一郎の遺体を見て啜り泣いた。

雲海坊は、静かに経を読み始めた。

久蔵は見守った。

隅田川は、いつもと変わらず静かに流れ続けていた。

文春文庫

雨《あま》宿《やど》り

定価はカバーに表示してあります

新《しん》・秋山《あきやま》久蔵《きゅうぞう》御《ご》用控《ようひかえ》（十三）

2022年4月10日　第1刷

著　者　藤《ふじ》井《い》邦《くに》夫《お》
発行者　花田朋子
発行所　株式会社　文藝春秋

東京都千代田区紀尾井町 3-23　〒102-8008
TEL　03・3265・1211㈹
文藝春秋ホームページ　http://www.bunshun.co.jp
落丁、乱丁本は、お手数ですが小社製作部宛お送り下さい。送料小社負担でお取替致します。

印刷製本・大日本印刷
Printed in Japan
ISBN978-4-16-791857-6